THEATERBIBLIOTHEK

Liebhabern des absurden, schwarzen, vor allem aber des britischen Humors, ist der Name Henry Pilk längst ein Begriff. Mit dem vorliegenden Band wird der Klassiker der Nonsens-Literatur einer breiten literarischen Öffentlichkeit vorgestellt.

Henry Pilk, ein Trinker vom Format eines Brendan Behan und leidenschaftlicher irischer Patriot, hätte dieses Buch nie geschrieben. In einer seiner seltenen brieflichen Äußerungen an einen Verleger gibt Pilk Auskunft über seine Autorschaft: »Um ehrlich zu sein, ist es mir scheißegal, ob ich in Ihrem Buch erscheine oder nicht. Aber Ken Campbell besteht darauf, dass ich endlich antworte, und seit mich dieser Vollidiot mit einer halben Flasche Johnnie Walker beliefert hat und bereit ist, jeden Scheiß zu schreiben, den ich von mir gebe ... Ich habe sowieso nichts geschrieben, Ken Campbell hat alles geschrieben. STIMMT NICHT! Ich habe es geschrieben, ich meine bloß geschrieben, er hat es verpackt. Und jetzt bin ich ein Ausstellungsstück.«

Sämtliche Theaterstücke, Sketche, Minidramen, Monodramen, Dialoge, Szenen, Anekdoten von Mr. Henry Pilk, verpackt und fertig gemacht von Ken Campbell, vermehrt um einige nachgelassene Werke sowie den oben zitierten Briefwechsel, ausgestellt in diesem Band: die unerbittlich konsequente Fortsetzung des laufenden Schwachsinns.

»Diagnose für Campbells Irrenhaus: progressiver Paroxysmus und Lachhysterie. Vorsicht Ansteckungsgefahr!«

Abendzeitung München

Ken Campbell
Mr. Pilks Irrenhaus
sowie nachgelassene Texte von Henry Pilk
Aus dem Englischen von Brigitte Landes

VERLAG DER AUTOREN
Der Verlag der Autoren gehört den Autoren des Verlages

Bibliografische Informationen der Deutschen Nationalbibliothek
Die Deutsche Nationalbibliothek verzeichnet diese Publikation in der Deutschen Nationalbibliografie; detaillierte bibliografische Daten sind im Internet unter http://dnb.dnb.de abrufbar.

6. Auflage 2013

Verlag der Autoren GmbH & Co. KG
Taunusstraße 19, 60329 Frankfurt am Main
Telefon: 069 23 85 74-0, Fax: 069 24 27 76 44
E-Mail: theater@verlagderautoren.de
www.verlagderautoren.de

Umschlag: Bayerl + Ost, Frankfurt am Main
Druck: betz-druck GmbH, Darmstadt

Printed in Germany
ISBN 978-3-88661-092-6

INHALT

Anlage

Ken Campbell über Henry Pilk

Zu allererst muß gesagt werden, daß Henry Pilk ein Wahnsinniger ist. Ein Trinker vom Format eines Brendan Behan. Ein leidenschaftlicher irischer Patriot, trotz seiner kanadischen Herkunft. Er ist der Überzeugung, daß Dublin von Verbrechern regiert wird, und unterhält Kontakte zu Dieben und Mördern. Mal befindet er sich innerhalb, mal außerhalb von Irrenanstalten. Ist abwechselnd freundlich und gewalttätig…

Das erste Mal traf ich ihn in Groome's Pub in Dublin. Das ist eine illegale nächtliche Saufstation für Schauspieler und Politiker. Wir bekamen sofort einen höllischen Krach. Keineswegs etwa, weil wir unterschiedlicher Meinung gewesen wären, sondern es machte uns einfach riesigen Spaß, uns zu streiten. Wir beschimpften uns und brüllten blödsinniges Zeug, behaupteten den größten Quatsch, bloß, um uns zu widersprechen. Gegen drei Uhr morgens setzte Mrs. Groome uns vor die Tür. Ich schleppte Henry mit zu mir nach Hause. Es war eine wunderbare Nacht.

Ganz ohne Zweifel sind das die besten Kräche, in denen aus tiefstem Herzen und mit vollster Überzeugung nur Schwachsinn behauptet wird – sie sind ein Kick – die totale Befreiung für Leib und Seele. Jedenfalls gingen wir so gegen vier Uhr dreißig von den bloßen Argumenten und Brüllereien zu Handgreiflichkeiten über. Pilk griff sich den Feuerhaken und fuchtelte damit herum wie ein abgehalfterter Samurai. Ich konterte mit dem Brotmesser. Bei dem mühsamen Versuch ihm klarzumachen, daß ich ein Geschäft mit ihm abschließen wollte, ging das Sofa zu Bruch. Um mitzuhalten, zertrümmerte er eine Vase und rammte den Feuerhaken in das Monopoly-Spiel. Als es hell wurde, wälzten wir uns am Boden.

Körperlich ist er viel größer als ich; nicht von der Länge, mehr vom Gewicht. Ich lag also unter ihm, und über mir hing sein besoffenes Mondgesicht. »Willst du bei meiner *Road Show* mitmachen?« (so hieß meine Theatergruppe), fragte ich ihn.

Sein doofes Clownsgesicht gab vor zu überlegen. »Ja, gut«, sagte er.

Einmal, eines Nachts in Amsterdam, nachdem wir gerade eine Vorstellung hinter uns hatten, fragte Pilk: »Habe ich dir eigentlich schon erzählt, wie ich in die Suppe geschissen habe?« »Nein«, sagte ich. »Was für eine Suppe?«

»Das war in Dublin. Betriebsausflug. Der Chef hatte uns in ein Lokal eingeladen, das auf Steinzeit machte. Es wurde Met ausgeschenkt, und die Kellner waren als Affen verkleidet. Es wurde eine Rede gehalten, die Frau des Chefs bedankte sich, und ich bin auf den Tisch gestiegen und habe in ihre Suppe geschissen. Man hat mich sofort ins Irrenhaus abtransportiert.

Dort habe ich achtzehn Körbe geflochten und drei Lederbeutel genäht und wurde nach drei Wochen als geheilt entlassen. Ich zog los und bekam einen Job am Abbey Theater.«

Marcel Steiner, ein anderer Road-Show-Mensch, sagte: »Ja, mein Kumpel und ich, wir sind auch oft losgezogen, um irre Dinger zu drehen. So verrücktes Zeug ist uns allerdings nicht gelungen.«

Aber Pilk sagte: »Ich glaube nicht, daß man ein total verrücktes Ding mit jemandem zusammen machen kann. Eine total verrückte Sache muß total solo gemacht werden.«

Pilk schreibt, wie er trinkt: kontinuierlich von mittags an, bis er nicht mehr kann. Er schreibt auf Zigarettenschachteln, Servietten, Wände, überall hin. Seit er zu meiner Gruppe gestoßen ist, habe ich alles zu sammeln versucht, weil ich es für das verrückteste und erhellendste Zeug halte, das mir je untergekommen ist. In meinem Büro in London stapeln sich zwei Wagenladungen seiner Werke. Abgesehen von ein paar kleinen Szenen, die ich ab und zu schon in der *Road Show* verwendet habe, ist dies die erste Präsentation Pilkscher Werke.

Ich glaube, daß es ein sehr lustiger und aufregender Abend werden wird.

Mr. Pilks Irrenhaus

Ein Mann wirft sich weg

Ein Penner auf dem Dach eines Hochhauses. Das Hochhaus kann eine Kiste, ein Tisch oder ein Stuhl sein.

PENNER Nicht schlecht hier oben auf dem *(ein entsprechendes Hochhaus der Stadt)*, also wirklich. Bißchen zugig. Das füllt die Lungen mit Ozon. – Von hier oben kann ich sämtliche Mülltonnen der Stadt überblicken. Von hier oben kann ich meine Tour planen. Nicht schlecht … Aber eigentlich komm ich mehr aus philosophischen Gründen hier rauf. Wenn man da so runterblickt, dann sieht man alle Autos da unten so klein. Das sind in Wirklichkeit gar keine richtigen Autos, das sind winzig kleine Spielzeugautos. Und die Menschen! Sehen auch nicht aus wie Menschen, nein, wie Ameisen. – Die rennen geschäftig hin und her, tun etwas scheinbar Sinnvolles, was aber in Wahrheit etwas total Sinnloses ist. Da rennen sie und rennen. Und ich, hier oben, fühle mich wie der König persönlich. Man bekommt auf einmal einen ganz anderen Blick auf die Dinge. *Mit diesem anderen Blick schaut er ins Publikum. Währenddessen tritt der Herr auf.* Halt die Luft an, Gesellschaft.

HERR Morgen. *Der Herr versucht über die Brüstung zu steigen.*

PENNER Morgen. – Was machen Sie denn hier?

HERR Bitte, halten Sie mich nicht auf.

PENNER Ach so, Sie wollen sich da runterschmeißen.

HERR Genau das habe ich vor.

PENNER Na, ich werde Sie schon nicht aufhalten. Selbst wenn ich wollte, also mit meiner halben Lunge, kaputter Pumpe und zwei Holzfüßen wäre ich dazu gar nicht in der Lage. Keine Angst.

HERR Ist gut. Auf Wiedersehen.

PENNER Auf ... Wiedersehen ... – Moment mal! *Er reißt den Herrn zurück.*

HERR Sie sagten doch, Sie wollten mich nicht aufhalten!

PENNER Nur einen Augenblick. Mir schoß da eben so was durch den Kopf. – Sie brauchen doch nicht alles mitzunehmen, – verstehen Sie?

HERR Nichts verstehe ich.

PENNER Na die Jacke, die Sie da anhaben. Die Entscheidung liegt bei Ihnen, aber die könnte ich echt gut brauchen. Wenn Sie erst mal da unten liegen, ist die doch keinen Pfifferling mehr wert. Stimmts?!

HERR Also gut. Hier haben Sie mein Jackett. *Zieht es aus und nimmt die Brieftasche heraus.*

PENNER Jetzt werd nicht gemein. Mit Inhalt natürlich.

HERR Nein.

PENNER Doch.

HERR Nein.

PENNER Doch. – Ist doch besser, ich hab was von dem Geld, als wenn sich nachher die Typen von der Ambulanz damit vergnügen. – Selbstmord ist eine der Todsünden, das weißt du doch. Verstehste? Das könnte dich mit IHM da oben ganz schön in Schwierigkeiten bringen.

HERR Gut. Das Geld können Sie haben.

PENNER Die Brieftasche auch! Dafür kriegt man auch noch ein Scheinchen.

HERR Nein.

PENNER Doch.

HERR Nein! In der Brieftasche befindet sich mein Abschiedsbrief.

PENNER *reißt ihm die Brieftasche aus der Hand, nimmt den Brief heraus und steckt ihn dem Herrn in die Hosentasche* Alles klar?

HERR Ja. Darf ich jetzt?

PENNER Die Bahn ist frei. *Der Herr besteigt die Brüstung.*
Die Hosen. Die kann ich gut brauchen.

HERR Meine Hosen können Sie vergessen. Lassen Sie mich
jetzt in Ruhe!

PENNER So stellst du dir das also vor! Das ist deine letzte Tat
auf Erden, und die soll dermaßen unbarmherzig ausfallen!
ER da oben hat dir eine letzte Chance gegeben. Du
schwirrst einfach ab und ein blinder, *er setzt eine Sonnen-*
brille auf – lahmer Bettler bittet dich um deine Hosen – und
du sagst knallhart: nein, eiskalt: nein. Bitte, du mußt es ja
wissen.

HERR Also gut. *Er zieht seine Schuhe aus, dann die Hosen*
und gibt sie dem Penner. Dann will er die Schuhe wieder
anziehen.

PENNER Die Schuhe auch.

HERR Aber die haben doch gar nicht Ihre Größe.

PENNER Ich kann meine Füße schon auf die richtige Größe
zurechtschnitzen. *Der Herr gibt ihm die Schuhe und geht*
wieder vor die Brüstung.
Halt! Hier, dein Brief! *Er holt den Brief aus der Hosentasche*
und liest. »Ich habe meinem Leben ein Ende bereitet, weil
ich nichts mehr auf der Welt habe, seit Susi mich verlassen
hat.« – Su – si … *Er steckt den Brief schluchzend in die*
Unterhose des Herrn. Los, zisch ab jetzt!

HERR Jetzt ist es vorbei. Ich kann es nicht mehr.

PENNER Auch noch feige! *Er versetzt dem Herrn einen Stoß,*
so daß er abstürzt.

Guten Abend, meine Damen und Herren, und willkommen in Mr. Pilks Irrenhaus. Was ist Wirklichkeit in diesem Spiegelkabinett? fragt uns Henry Pilk. Dieser Abend, der sich ausschließlich seinen merkwürdigen Stückchen und Dramoletten widmet, läßt vielleicht die Idee einer Antwort aufglimmen. Die makabre Logik von EIN MANN WIRFT SICH WEG erinnert z. B. stark an Luis Buñuels mittlere Periode. Die folgende Szene DIE BEIDEN EHEMÄNNER behandelt das Thema der Unsichtbarkeit, ein Motiv, das mit großer Regelmäßigkeit in Pilks Werken auftaucht. Frivol und gruselig:

UNSICHTBARKEIT oder DIE BEIDEN EHEMÄNNER

Unsichtbarkeit oder Die beiden Ehemänner

Ein Mann ist zu Hause. Er liest in einem Buch. Er legt das Buch beiseite, holt eine Packung Zigaretten aus der Tasche und steckt sich eine Zigarette an. Die Packung legt er auf den Boden. Er holt sich Papier und beginnt, einen Brief zu schreiben. Der zweite Mann kommt herein. Die beiden Männer können sich nicht sehen, aber sie spüren sich und können sich hören. Der 1. Mann nimmt an, daß die Tür von einem Windstoß auf- und zugeschlagen worden ist. Er geht zur Tür, um nachzusehen. Der 2. Mann ist überrascht, als er das Buch, die Zigaretten und das Papier sieht. Er inspiziert die Gegenstände. Der 1. Mann dreht sich um und sieht seine Zigarettenpackung durch die Luft segeln; er beobachtet wie eine Zigarette aus der Packung rutscht und sich selbst anzündet. Wie in einem Traum kriecht er dahin, wo sich der 2. Mann befindet und nimmt die Zigarette, um sie genauestens zu untersuchen. Er schwingt sie durch die Luft auf der Suche nach Geistern, Vibrationen usw. Der 2. Mann beobachtet die Bewegungen, die die Zigarette vollführt. Der 1. Mann läßt sie fallen, um zu sehen, ob sie fliegen kann. Der 2. Mann hebt die Zigarette wieder auf und betrachtet sie nun seinerseits genau. Er raucht dabei fast die ganze Zigarette auf Lunge. Der 1. Mann setzt sich wieder hin. Dabei greift er automatisch zu Buch und Papier, die dadurch in Bewegung geraten. Er selbst schaut aber immer noch wie hypnotisiert auf die Zigarette. Der 2. Mann sieht, wie sich das Buch und das Papier bewegen, er beobachtet diese Gegenstände genau. –

1. MANN *zaghaft* Ist da jemand?

Der 2. Mann ist von der körperlosen Stimme beunruhigt. Der 1. Mann rutscht auf dem Stuhl herum und bewegt ihn dabei.

2. MANN *zaghaft* Ist da wer?
1. MANN Wo sind Sie?
2. MANN Wer sind Sie?
1. MANN Was machen Sie hier?
2. MANN Ich wohne hier.
1. MANN Nein, ich wohne hier.
2. MANN Nein, ich wohne hier.
1. MANN Wo sind Sie?
2. MANN Wo sind Sie?

Beide bewegen sich vorsichtig auf die Stelle zu, wo sie den anderen vermuten. Sie gehen haarscharf aneinander vorbei. Da sie sich nicht finden, gehen sie ebenso vorsichtig wieder zurück und kommen nur wenige Zentimeter voneinander entfernt zum Stehen. Als sie sich wieder entspannen, reicht diese kleine Bewegung schon aus, um sich zu berühren. Beide springen erschreckt beiseite. Dann finden sie sich und befühlen sich.

1. MANN Sie sind unsichtbar. Sie sind ein unsichtbarer Mensch.
2. MANN Sie auch.
1. MANN Ich kann mich sehen.
2. MANN Mich kann ich auch sehen.
1. MANN Wer sind Sie?
2. MANN Ich heiße Hollander, und das ist meine Wohnung.
1. MANN Ich heiße Hollander, und das ist meine Wohnung.
2. MANN Ich glaube, wir sind in eine Zeitschleife geraten. Ich meine, Sie sind hineingeraten. Ich habe darüber mal einen Film gesehen.
1. MANN Und was fangen wir jetzt damit an?
2. MANN Sie müssen gehen.
1. MANN Warum denn ich? Ich gehöre in Wirklichkeit hierher.

2. MANN Ich glaube, Sie irren sich.

1. MANN Ich werde ganz bestimmt nicht gehen.

2. MANN Und ich schon gar nicht.

Beide setzen sich entschlossen hin. Die Frau tritt auf. Beide unisono.

1. UND 2. MANN Hallo Liebling!

FRAU Hallo Schatz!

1. UND 2. MANN Kannst du mich wirklich sehen? – Hören Sie doch bitte auf zu reden, wenn ich rede. Nein, Sie! – Nein, Sie! Sie machen mich ganz verrückt!

FRAU Was ist denn los, Schatz?

1. UND 2. MANN Ich glaube, wir müssen alle miteinander auskommen, bis sich diese Sache aufklärt.

FRAU Bis sich was aufklärt, Schatz? Du bist so seltsam.

1. UND 2. MANN Schau, das Wichtigste ist, daß wir dich haben, oder vielmehr, daß ich dich habe, und du bist wirklich entzückend, und ich liebe dich.

FRAU Und ich liebe dich.

Beide Männer knien sich vor sie hin, und sie hält beide glücklich im Arm. Die Männer schauen dahin, wo sie den anderen vermuten – genau aneinander vorbei – wundern sich einen Moment und geben sich der Umarmung hin.

FRAU *zärtlich* Gehen wir zusammen ins Bett?

BEIDE Ja.

Sie streicht beiden mit der Hand durchs Haar und geht. Die beiden werfen einen raschen Blick dahin, wo der andere nicht ist, und folgen ihr.

Spüren Sie den Thrill? Wahnsinnig oder genial? Was ist Wirklichkeit in diesem Spiegelkabinett? Und jetzt zeigen wir Ihnen eins von Pilks einzigartigen Psychodramen, geschrieben auf zwei Papierservietten nachts um vier in einem Café in der Prinzengracht von Amsterdam:

DER MANN, DER NICHTS MEHR UNTERSCHEIDEN KANN

Der Mann, der nichts mehr unterscheiden kann

Ärztliches Untersuchungszimmer. Eine Ärztin. Ein Mann mit einer Tragetüte kommt herein.

ÄRZTIN Der Nächste bitte. Was fehlt uns denn?

MANN Ich weiß den Unterschied nicht mehr, Frau Doktor.

ÄRZTIN Den Unterschied wovon?

MANN Zwischen allem. Wenn ich hüpfe, bin ich dann ein Frosch? Wenn ich nicht hüpfe, bin ich dann ein Frosch, der in diesem Augenblick gerade nicht hüpft? Das sind die Probleme, die meinen Verstand peinigen, Frau Doktor. Können Sie da etwas machen?

ÄRZTIN Ich glaube, ich habe nicht ganz verstanden, worauf Sie hinaus wollen.

MANN Ich bin in den Spalt zwischen den Dingen gerutscht, Frau Doktor. Jedes einzelne Ding treibt mich in Panik, wenn ich es nur eine Zeitlang ansehe. Die einzige Möglichkeit, da herauszukommen, ist herumzuhüpfen und zu tanzen und vor mich hinzuträllern. Dann, und nur dann, hört mein Verstand endlich auf, mich zu malträtieren.

ÄRZTIN Können Sie mir nicht einmal vorführen, wie Sie in Panik geraten?

MANN *holt ein eingepacktes Brötchen aus seiner Tüte und wickelt es aus; er klappt es auf, nimmt den Käse vom Brötchen und wirft ihn auf den Tisch* Was ist das?

ÄRZTIN Ein Stück Käse.

MANN In dem Käse befinden sich Bakterien und Mikroben, ist das richtig?

ÄRZTIN Ja.

MANN Sind nun diese Mikroben und Bakterien Bestandteile der Konzeption von Käse, oder kann man sie davon getrennt betrachten?

ÄRZTIN Sie sind Bestandteil von Käse. Die Bakterien bringen den Käse zum Reifen und geben ihm damit seine Eigenheit.

MANN Stellen Sie sich ein Stück Käse vor, das so groß ist wie dieser Raum, Frau Doktor! Es sind Mäuse und Kanarienvögel darin, die picken, nuckeln und baden darin – sterben und verdauen darin … Man könnte einerseits sagen, daß sie den Reifungsprozeß dieses Monsterkäses ausmachen, ihm seine Eigenheit geben, wie Sie sagen würden. – Sind die nun Bestandteil dieses Riesenkäses, oder kann man sie davon getrennt betrachten?

ÄRZTIN Sie sind Bestandteil.

MANN Ein Stück Käse von der Größe Afrikas, Frau Doktor. Löwen, Giraffen, Eingeborene, Pygmäen, Missionare darin – alle ohne eigene Bestimmung, ohne Rechte, bloß Bestandteil des Reifungsprozesses von Käse! Wir alle sind Käse, Frau Doktor! Sie sind Käse – Ich bin Käse! *Er hüpft und trällert panisch herum.*

ÄRZTIN Beruhigen Sie sich! Beruhigen sie sich doch!

MANN Sagen Sie mir, daß ich kein Käse bin!

ÄRZTIN Sie sind kein Käse.

MANN Ich glaube Ihnen nicht!

ÄRZTIN Ist ja schon gut! Ist ja schon gut …

MANN Ja, Mama. *Er starrt plötzlich den Tisch an.* O nein! Ohhhh- nein!!!!!

ÄRZTIN Was ist denn?

MANN Was ist denn der Unterschied zwischen Ihrem Tisch und einem Nilpferd?

ÄRZTIN Ein Nilpferd hat einen Kopf, um einmal irgendwo anzufangen.

MANN Es könnte doch ein kopfloses Nilpferd sein! *Er trällert und hüpft herum.*

ÄRZTIN Das ist ein Tisch, der ein Tisch ist, der ein Tisch ist. Beruhigen Sie sich doch! *Sie faßt den Tisch an, um ihm das*

Material vorzuführen. Sie versucht dem Mann zu zeigen, daß es sich um einen Tisch handelt. Ein Tisch! Da, sehen Sie!

MANN Nur ... nur.

ÄRZTIN Was – nur?

MANN Wenn man fünf Zentimeter von dem Tischbein abschneidet, ist es dann auch noch ein Tisch?

ÄRZTIN Das wäre dann ein etwas wackeliger Tisch.

MANN Wenn man von jedem Tischbein zehn Zentimeter abschneidet, ist es dann immer noch ein Tisch?

ÄRZTIN Das wäre dann so eine Art Teetisch.

MANN Wenn man alle vier Tischbeine auf zwei Zentimeter Länge kürzt, ist es dann immer noch ein Tisch?

ÄRZTIN Die Tischbeine wären so gut wie unbrauchbar. Es wäre dann vielleicht eher ein Tablett.

MANN *triumphierend* Also kein Tisch mehr! Es gibt also ein Minimum an Beinlänge, die einen Tisch zum Tisch macht!

ÄRZTIN Ja.

MANN Wie lang ist diese Minimallänge?

ÄRZTIN Etwa dreißig Zentimeter.

MANN Etwa! Etwa! Bitte seien Sie präzis! Ich brauche Hilfe von präzisen Menschen. Ich ertrinke doch selber schon in Annäherungswerten. *Er hüpft herum.*

ÄRZTIN Gut. Also, achtundzwanzig Zentimeter.

MANN Danke! – Jetzt stellen wir uns einmal einen Tisch mit der minimalen Tischbeinlänge vor, achtundzwanzig Zentimeter, das absolute Minimum. So. Und jetzt schneiden wir von jedem Tischbein einen Zentimeter ab. Ist es dann noch ein Tisch?

ÄRZTIN Ich weiß es nicht.

MANN Ich nämlich auch nicht. Aber selbst wenn wir eine Antwort fänden, wäre dann auch ein Zwerg damit einverstanden?

ZWERG *erscheint aus der Tragetüte* Genau! *Verschwindet wieder.*

MANN Genau das meine ich nämlich: alles, was wir sehen, ist nur um Haaresbreite vom Unbekannten entfernt. Wenn ich in meinem Auto Kaninchen züchte – ist es dann ein mobiler Kaninchenstall? *Er zieht einen Slip aus der Tragetüte.* Und was ist das?

ÄRZTIN Eine Unterhose.

MANN *triumphierend* Aber ich habe die Beine zugenäht und ein Gummiband durchgezogen! Es ist eine Handtasche! Ich bin also eine Frau! *Der Mann schnappt fast über vor Glück über seine stringente Beweisführung.*

ÄRZTIN Das stimmt doch gar nicht! Sie haben einfach einen Knall.

MANN Dann bin ich eine Frau mit einem Knall!

Hat sich diesem Menschen nun das Tor zum Chaos geöffnet? Oder ist Ordnung nur ein Scherz der Götter?

Sicher kennen Sie die Geschichten, die der Bruder eines entfernten Verwandten, nein, nicht der, sondern dessen Freund, nein, der Onkel des Freundes erzählt hat und die man durch Generationen weiter erzählt. Die nächste volkstümliche Szene hat Mr. Pilk an einem frühen Morgen auf das Stanniolpapier einer Zigarettenpackung notiert, während der Bruder des Kellners erzählte:

SOCKE IN DER SUPPE.

Socke in der Suppe

Schmuddelige Kneipe. Ein Tisch mit einem verfleckten wei-
ßen Tischtuch. Ein Stuhl. Ein Kellner. Der Gast betritt den
Raum und setzt sich. Der Kellner bohrt gerade in der Nase
oder putzt sich mit einer Serviette die Schuhe oder Ähnliches.
Am oberen Westenknopf hat er eine rote Schnur, die im
Hosenstall verschwindet. In einer Westentasche steckt ein
Besteck. Nach langen Bemühungen gelingt es dem Gast
endlich, die Aufmerksamkeit des Kellners auf sich zu
ziehen.

KELLNER *mürrisch* Sie wünschen?

Der Gast starrt auf die Schnur und antwortet nicht. Der
Kellner geht, holt einen Teller und ein Besteck und knallt es
vor dem Gast auf den Tisch.

KELLNER *schärfer* Sie wünschen?
GAST *noch immer den Blick auf die rote Schnur geheftet*
   Was?
KELLNER Sie wünschen?
GAST Ja – also, was können Sie mir denn empfehlen?
KELLNER Suppe!
GAST Was?
KELLNER Suppe!!
GAST Suppe. *Der Kellner geht. Der Gast wartet auf die*
   Suppe.
KELLNER *knallt die volle Terrine auf den Tisch* Ihre Suppe!

Der Gast starrt auf die Schnur. Endlich wagt er zu fragen. Er
deutet auf das Besteck.

GAST Was ist denn das?

KELLNER Ein Besteck.

GAST Warum haben Sie es da oben – drin?

KELLNER Aus hygienischen Gründen.

GAST *verständnislos* Ach so.

KELLNER Ja, also, wenn Ihnen, ich meine: einem Gast etwas zu Boden fällt, dann hebe ich das nicht mit den Händen auf, sondern nehme das Besteck.

GAST So. Hm. – Und was ist das für eine Schnur?

KELLNER *mit unverhohlenem Stolz* Das ist die Johnny-Schnur.

GAST *perplex* Ach so. Hm. Und wozu ...?

KELLNER *triumphierend* Auch aus hygienischen Gründen.

GAST Hm?

KELLNER *vertraulich* Ja, also, wenn ich mal muß, für kleine Mädchen also, dann zieh ich ihn an der Schnur heraus! Verstehen Sie!

GAST Jaja. – Und wie tun Sie ihn wieder hinein?

KELLNER Ja dazu, dazu nehme ich das Besteck!

GAST Danke.

Der Gast beginnt widerwillig zu essen. Er stochert in der Suppe herum, er stößt dabei offensichtlich auf einen Gegenstand. Er versucht dieses Ding zu zerteilen, es beiseite zu schieben, es auf den Löffel zu bekommen, alles vergeblich. Er macht dies ziemlich »unauffällig«, damit ihn der Kellner dabei nicht erwischt und möglichst auch das Publikum nicht. Dem Gast ist diese Aktion ausgesprochen peinlich. Endlich hat er Erfolg. Er nimmt den Löffel und führt ihn zum Mund. Vom Löffel hängt eine nasse, dunkle Herrensocke herab. Er nimmt die Socke mit spitzen Fingern und ruft den Kellner. Der Kellner bequemt sich nach mehrmaligem Rufen zu kommen.

GAST Was ist das?
KELLNER Eine Socke.
GAST Und?

Der Kellner beginnt herumzusuchen. Unter dem Tisch, ir-
gendwo. Dann geht ihm ein Licht auf. Er zieht sein Hosen-
bein hoch. Er trägt nur einen Strumpf; er hält die beiden
Socken, den nassen und den an seinem Bein, nebeneinander.
Sie sind ein Paar. Er haut dem Gast wütend die Socke um die
Ohren. Dann wringt er sie über dem Suppenteller des Gastes
aus, stellt seinen Fuß auf den Tisch, zieht den Schuh aus und
zieht den nassen Strumpf an. Danach geht er wutschnaubend
ab. Der Gast kann endlich in Ruhe seine Suppe essen.

Was ist Wirklichkeit in diesem Spiegelkabinett?

Für Mr. Pilk ist ein Irrenhaus das, was der Name besagt: »Ein Haus, in das man dich gehen läßt, um darin irr zu sein.« Irrsinn ist etwas Wunderbares. Er dürfte nicht unterdrückt werden. Seine Unterdrückung führt zur Geisteskrankheit. Als ständiger Gast in den verschiedensten Irrenhäusern, kennt Pilk natürlich die Geschichten, die sich die Insassen immer wieder erzählen. Hier eine von Mr. Pilks Lieblingsgeschichten:

DAS HUHN.

Das Huhn

MUTTER *zum Sohn, der in einem Comic liest* Ich ärgere mich wirklich sehr über dich, Robert. *Der Sohn reagiert nicht.* Wirklich, sehr. Was mußte ich wieder in deinem Zimmer finden? Was hast du da in die Ecke geschmissen? Einfach hingeschmissen? Dreckige Unterhosen. Ist das der Dank? Bei meinem Rücken? Mit meinem Rücken muß ich mich auch noch bücken, um deine dreckigen Unterhosen aufzuheben! Findest du das vielleicht anständig? *Sie nimmt ihm den Comic weg, rollt ihn zusammen und schlägt Robert damit auf den Kopf.* Liebst du mich, Robert? Liebst du deine Mutter, Robert? Sag mir, daß du deine Mutter liebst. Du hast wirklich eine nette Art, mir das zu zeigen. Ich spreche von den Spritzern. Zahnpastaspritzern! Schon hundertmal habe ich dir gesagt, daß du deine Zähne ü b e r dem Waschbecken putzen sollst. Dann kommen auch keine Spritzer auf die Kacheln, stimmts! – Nein? *Sie schlägt ihn wieder.*
ROBERT Gaaa, gagack,
MUTTER Spinnst du, Robert?

Robert hüpft herum wie ein Huhn. Er hackt nach seiner Mutter und gackert. Er hüpft auf dem Boden herum, er springt auf den Tisch. Er gackert besonders laut und – legt ein Ei.

MUTTER Hast du gerade dieses Ei gelegt, Robert? *Sie geht zum Telefon und ruft die Ambulanz an.* Bitte die Ambulanz. Mott, Mrs. Mott. 15, Aniline Street ... Es geht um meinen Sohn. Er ist verrückt geworden. Er glaubt, er sei ein Huhn. Danke. *Sie legt den Hörer auf. Mutter und Sohn fixieren sich quer durch den Raum.* Möchtest du etwas essen, Robert? Ein schönes Stück Kuchen vielleicht? *Sie holt ein Stück Kuchen aus ihrer Schürze. Als sie es ihm anbietet, pickt er nach ihr. Sie quietscht auf und läßt den Kuchen fallen.* Das ist wirklich eine reizende Art, mir deine Liebe zu bezeugen. Durchdrehen, überschnappen, das ist wohl das einzige, was du kannst. *Sie schlägt wieder nach Robert und jagt ihn dadurch in eine Kiste, bzw. unter den Tisch.*

ROBERT Gaagack, gaack.

MUTTER *ihn wütend nachäffend* Gaackgackgaaa!

Auftritt der Arzt.

ARZT Mrs. Mott?

MUTTER Gaaagagack, ja, gack. Das ist Robert. *Sie zeigt auf die Kiste.*

ARZT Das ist also der junge Mann, der sich für ein Huhn hält.

MUTTER Richtig. Komm, Robert, komm! Gaagackgack. Ich habe es schon mit Kuchen versucht, Herr Doktor, aber ich glaube er will Körner.

ARZT *geht nah zu Robert* Entschuldigen Sie, junger Mann, ich muß Ihnen eine Frage stellen: Sind Sie ein Huhn?

ROBERT Nein.

MUTTER Robert!!! Du bist doch eins! Da liegt doch noch das Ei, das du eben selbst gelegt hast!

ARZT Ist ja schon gut, Mrs. Mott. Das werden wir gleich haben. *Er verabreicht ihr eine Spritze.* Und auf gehts, Gräfin, in das Land, wo jedermann ein Huhn sein kann!

MUTTER Ooooohhh!

Jetzt sehen Sie ein wahres Meisterwerk von Mr. Pilk. Gerade in seiner Verknappung hat es eine hypnotische Wirkung: rasant geht die Reise ins Innerste, ins Ich. Der dramatisierte Urschrei wird Sie bis in Ihre Träume verfolgen:

FALSCH GEBUCHT.

Falsch gebucht

FRAU Morgen bin ich eine verheiratete Frau. Mrs. Stone. Ich werde in meinem weißen Brautkleid neben Philip knien. Der Augenblick wird kommen, und ich werde – sagen: ja. Er wird mir einen schlichten goldenen Ring an den Finger stecken, und dann bin ich Mrs. Stone. *Pause.* Wer ist da? *Auftritt Henry. Er hält eine halbleere Schnapsflasche in der Hand.* Henry! Was willst du denn hier?

HENRY Dir gratulieren.

FRAU Was willst du?

HENRY Ich wollte dir gratulieren. *Pause.* Ich habe was zu trinken mitgebracht.

FRAU Das seh ich. *Pause.* Und?

HENRY Herzlichen Glückwunsch. *Er trinkt.*

Pause.

FRAU Danke.

HENRY Für morgen sind Gewitter vorausgesagt.

FRAU Warum bist du gekommen?

HENRY Um dir zu sagen, daß du die Hochzeit abblasen sollst.

FRAU Und warum?

HENRY Weil das kein besonders guter Einfall ist.

FRAU Wieso kein guter Einfall?

HENRY *trinkt* Kann ich mir dein Fotoalbum ansehen? *Er nimmt es sich.* Da bist du mit sechs – mit deiner Mutter. Hier mit neun – mit deinem kleinen Pekinesen. Da mit dreizehn – auf deinem Pferdchen. Da ist deine Geburtstagsparty zum Einundzwanzigsten. Und da bin ich! Da bist du in den Ferien letztes Jahr mit ... dreißig.

FRAU Einunddreißig.

HENRY Und die ganzen leeren Seiten hier, die warten geradezu auf deine Hochzeitsfotos. Was für ein geordnetes, überschaubares Leben! *Er schaut das Album bewundernd an.*

FRAU Gib mir das Album. Ich bitte dich, gib es her. *Henry macht das Album wieder auf und reißt die leeren Seiten heraus.* Das ist eine regelrechte Gemeinheit.

HENRY Ist doch nur Papier. Ich habe doch nur ein bißchen Papier rausgerissen. Du kannst doch so ein bißchen Papier nicht mit einem Leben vergleichen.

FRAU Das habe ich ja nicht getan. – Soll das etwa heißen, ich soll d i c h heiraten?

Pause.

HENRY Weiß ich nicht.

FRAU Das kommt überhaupt nicht in Frage. Ich möchte, daß du gehst, sobald du dazu in der Lage bist. Wenn du willst, daß ich glücklich werde, dann halte dich gefälligst raus aus meinem Leben. Ich schätze meinen Frieden über alles, und den lasse ich mir doch nicht von dir zerstören. Alles ist längst geklärt und abgemacht. – Bitte verschwinde jetzt.

Pause. Henry schreit auf. Sein Schrei scheint fremde Mächte zu beschwören. Er bringt sie auf perfekte Weise um. – Danach ist er friedlich und entspannt.

HENRY Es mußte sein. Jetzt kann ich den Rest meines Lebens der Erinnerung an dich weihen. Keine Hoffnungen mehr – aber auch keine Demütigungen. Keine Möglichkeiten mehr – aber der Mangel an Möglichkeiten, das ist der Frieden. *Es klopft an die Tür. Henry versteckt die Leiche. Es klopft noch einmal.* Ja bitte?

EIN MANN Imperial Tobacco, guten Tag! Wir erlauben uns, Ihnen unsere neueste Zigarettenmarke vorzustellen: GO EAST, ein ganz besonderes Aroma. Sie gehören zu den wenigen Auserwählten und bekommen von unserer Firma eine Probepackung mit 50 GO EAST und fünfzig Geschenk-Coupons. Hier ist der Katalog. Das hier ist die allgemeine Abteilung. Hier nur für Frauen, und hier für Männer. Das alles können Sie für Ihre 50 Coupons bekommen. Viel Vergnügen, wir danken für Ihre Aufmerksamkeit und Auf Wiedersehen!

Der Mann geht. Henry betrachtet die Zigaretten und den Katalog. Ein leichter Schmerz durchzieht sein Gesicht.

HENRY *zur Frau* Der Lauf der Welt ist nicht aufzuhalten. Schon geht es ohne dich weiter. *Sich auf die Zigaretten beziehend.* Das war nur der Beginn einer endlosen Serie. Jetzt fliegen wir dir in unserem Flugzeug davon. Du hattest falsch gebucht. Der Weg war lang. Aber er war eine Sackgasse. Und für morgen sind Gewitter vorausgesagt.

Was ist Wirklichkeit in diesem Spiegelkabinett? Sind wir nicht alle von Spionen umgeben – oder sind wir alle selbst Spione? Ist unser Planet vielleicht eine riesige Agentur und wir Agenten eines Spionagerings? Wer fühlte sich nicht schon verfolgt? Hier ein Schlüssel zu Pilks Lebensphilosophie, skizziert auf einer Eisenbahnfahrkarte während der Reise von Dublin nach London:

SPIONE

Spione

Zwei Schauspieler begegnen sich.

ERSTER Du, Smith, wir sind jetzt Spione. *Er überreicht dem anderen einen Hut und eine Sonnenbrille. Der Erste flüstert.*

ZWEITER *laut* Spione?

ERSTER Pscht! Ja, das ist unser neuer Job.

ZWEITER Wer hat uns den denn verschafft?

ERSTER Das kann ich dir nicht sagen.

ZWEITER Warum nicht?

ERSTER Pssst!!! Weil ich es nicht weiß. – *Er schaut sich mißtrauisch um.* Offenbar verraten sie uns das nicht, weil wir gefangen werden könnten und – gefoltert. – Damit wir sie nicht verraten können.

ZWEITER Da ist also irgend jemand gekommen und hat gesagt, daß wir jetzt Spione sind?

ERSTER Genau!

Der Zweite ist aufmerksam geworden. Beide spionieren.

ZWEITER Und wen sollen wir ausspionieren?

ERSTER *selbstverständlich* Den Feind.

Beide spionieren.

ZWEITER Welchen Feind?

ERSTER Das kann ich dir nicht sagen.

ZWEITER Weil du es nicht weißt!

ERSTER Weil sie es nicht wissen.

ZWEITER Sie wissen nicht, wer ihre Feinde sind?

ERSTER Genau. Du hast es erfaßt.

ZWEITER Wenn wir nicht wissen, wer sie sind, und sie selbst nicht wissen, daß sie es sind, wie sollen wir dann wissen, ob wir die Richtigen ausspionieren?

ERSTER Wir müssen erst einmal jeden verdächtigen. Jeden. Sogar uns beide, gegenseitig. *Sie schauen sich an, erschrekken voreinander.* Ja, das ist ein harter Job, und deshalb haben sie uns ausgesucht. – Jetzt werde ich dir mal den heutigen Code verraten.

ZWEITER Den heutigen Code?

ERSTER Den heutigen Code zur Verwirrung der Feinde. Es genügt ihnen nicht, nicht zu wissen, wer ihre Feinde sind, sie dürfen natürlich auch nicht wissen, wo sie sind. Und um diese Verwirrung des Feindes zu erzeugen, müssen wir die ganze Zeit in Gegenteilen sprechen. Wir werden das jetzt üben! Klar? – Bist du bereit?

ZWEITER Ja.

ERSTER Du bist also nicht bereit?

ZWEITER Doch, bin ich!

ERSTER Haha! Ich habe doch schon angefangen. Gegenteil, Smith! Wenn du lang meinst, sagst du kurz; wenn du kurz meinst, sagst du lang; wenn du rechts meinst, sagst du links, und wenn du links meinst, sagst du rechts; wenn du von einem wunderbaren Duft sprichst, sagst du: stinkt wie die Pest. Klar jetzt?

ZWEITER Ja.

ERSTER Ja???

ZWEITER Ja!

ERSTER Du hast es also immer noch nicht begriffen?

ZWEITER Nein, ist klar.

ERSTER Also nicht?

ZWEITER Doch!

ERSTER Mensch, Gegenteil! Wenn du es kapiert hast, mußt du doch sagen, du hast es nicht kapiert. Hast du es jetzt endlich begriffen?

ZWEITER Nein.

ERSTER Das ist schlecht.

ZWEITER Warum ist das schlecht?

ERSTER *aufgebracht* Es ist gut, also sage ich schlecht! *Er dreht dem Zweiten die Nase um.*

ZWEITER Au! Das ist doch kein Grund, mir wehzutun! Ich finde das einen kindischen Code, und ich werde ihn nicht benutzen. Damit kann man doch überhaupt niemanden reinlegen, der ist einfach idiotisch! Wir werden noch als Verrückte eingelocht.

ERSTER *hat die ganze Zeit beiläufig genickt, jetzt erschrocken* Das werden wir nicht.

ZWEITER Siehst du, wir werden!

ERSTER Was?

ZWEITER Gegenteil! Du hast doch gesagt, daß wir nicht eingelocht werden, also werden wir eingelocht.

ERSTER Ich habe gerade einmal nicht im Code gesprochen.

ZWEITER Du hast also im Code gesprochen!

ERSTER Also, ich meine, ja, hab ich.

ZWEITER Hab ichs mir doch gedacht!

ERSTER Halt den Mund!

ZWEITER *schreit* Jeehoohaa!

ERSTER Ich meine, brülle wie ein Löwe. Danke. Nein! – Danke! Wenn ich also einmal nicht im Gegenteil spreche, dann mache ich ab jetzt vorher immer PRRR!, und du weißt dann, wie ich es meine.

ZWEITER Das machst du also nicht?

ERSTER Doch, ich mach es!

ZWEITER Dann hättest du ja erst einmal PRRR machen müssen. Du hast deinen eigenen Code wohl nicht so ganz im Griff.

ERSTER Hör zu! Sonst werde ich noch verrückt! Ich meine, halte dir die Ohren zu! PRRR! wenn ich nicht im Gegenteil spreche, dann mache ich vorher PRRR! Ist das klar?

ZWEITER PRRR! Sonnenklar.
ERSTER PRRR! Prima.

Pause.

ZWEITER PRRR! Dieses PRRR-Machen ist eigentlich viel
    schöner als diese Gegenteile, stimmts?
ERSTER PRRR! Ja.
ZWEITER PRRR.

Pause.

ERSTER PRRR. Du brauchst nicht PRRR zu machen, wenn
    du gar nichts zu sagen hast.
ZWEITER PPPPRRRRR! Warum nicht?
ERSTER PRRR! Weil ich dann denke, daß du etwas sagen
    willst.
ZWEITER PRRR! Aber du merkst doch, wenn ich nichts
    sage.
ERSTER PRRR! Richtig. – PRRR! Wir sollten diesen Gegen-
    teil-Code aufgeben und nur noch mit diesem PRRR
    weitermachen.
ZWEITER PRRR! Wird unser Mann dann nicht irre?
ERSTER PRRR! Welcher Mann?
ZWEITER PRRR! Na, der uns diesen Job verschafft hat.
ERSTER Den habe ich doch nur erfunden.
ZWEITER *enttäuscht* Warum?
ERSTER Aus Langeweile. Es passiert doch sonst nichts,
    oder?

In der Terminologie Nicht-Verrückter wäre es durchaus richtig zu behaupten, daß Mr. Pilk viel Unheil in das Dasein etlicher Menschen gebracht und ihr Leben zerstört hat. Aber für Mr. Pilk sind Heim und Herd, Ehefrau, Besitz, Beruf und soziale Standards nichts anderes als Versatzstücke einer leblosen und pathetischen Vorstadt-Farce. Sie sind für ihn wie Zielscheiben in einer Schießbude. Mr. Pilk bezeichnet sich selbst oft als »Vorstadt-Cowboy«, und das folgende kleine Dramolett beruht auf einem tatsächlichen Vorfall:

ICH BIN IMMER ICH

Ich bin immer ich

Ein Ehepaar zu Hause.

FRAU War heute viel los im Büro, Schatz?

MANN Mmmm.

FRAU Ich habe heute Louisa beim Einkaufen getroffen. Sie sieht immer noch genauso gut aus.

MANN *lacht auf* Jaja. Ich glaube, ich muß mal zum Augenarzt.

FRAU Gute Idee. Siehst du schlecht?

MANN Nein, nein. Ich sollte einfach einmal nachschauen lassen.

FRAU Heute habe ich genau den Sonnenschirm gesehen, den wir schon immer gesucht haben.

MANN Schön. Wir schauen ihn uns am Sonnabend an.

FRAU Herrlich!

MANN Ich müßte mal wieder den Rasen mähen. Was gibts heute im Fernsehen?

Es klopft an der Tür. Die Frau öffnet. Der Vorstadt-Cowboy tritt ein.

COWBOY Endlich zu Hause.

MANN Wer ist da?

FRAU Keine Ahnung.

COWBOY Wo ist denn der Scotch versteckt? Schon gut. Bemüht euch nicht. Ich finde ihn schon.

MANN Moment mal. Wer sind Sie überhaupt?

COWBOY Dasselbe könnte ich dich fragen, Alter. Da ist er ja. *Findet den Scotch.*

FRAU Soll ich ihm ein Glas holen?

MANN Nein!

COWBOY Laß nur. Jetzt machen wir uns mal bekannt. Du bist Mr. ...?

MANN Brickwell.

COWBOY Und das ist also Mrs. Brickwell?

FRAU Ja.

COWBOY Das ist ja verdammt stark von euch, Leute, daß ihr mir das Haus so prima in Ordnung gehalten habt.

MANN Moment mal. Was meinen Sie? Das hier ist mein Haus, und Sie scheren sich augenblicklich raus.

COWBOY Werd doch nicht gleich so pampig, Kurzer. Nimms leicht.

FRAU Was wollen Sie hier?

COWBOY Was ich will, Lady? Ein bißchen Ruhe. Ich will hier mal für ein Weilchen meine Füße unter den Tisch strecken.

MANN Moment mal. Das können Sie hier aber nicht.

COWBOY Warum nicht?

MANN Weil das mein Haus ist, und hier bestimme ich.

COWBOY Ganz im Gegenteil, Kurzer. Das ist mein Haus, und hier bestimme ich.

MANN Ich zeige Ihnen den Kaufvertrag. *Er geht ihn holen.*

COWBOY *lacht* Verträge?

MANN Hier steht es schwarz auf weiß. Korrekt unterzeichnet mit meinem Namen.

Der Cowboy schaut das Papier an, beißt hinein und schluckt es mit einem Schluck Whiskey runter. Den Rest des Papiers wirft er weg.

COWBOY Und jetzt hör mal zu, Kurzer. Ich brauch jetzt mal zwei Minuten, um Blondie und dich ein bißchen aufzuklären. – Kennt ihr eine kleine Stadt in Argentinien, die Tacurembo heißt?

MANN Nein.

COWBOY Genau da komme ich her. Ich hatte nämlich dort die Regierung davon überzeugt, meine Idee von einer Eisbär-Ranch zu unterstützen. Dafür mußte extra ein zwei Kilometer langer Eisschrank gebaut werden.

FRAU Eine erstaunliche Idee!

COWBOY Erstaunlich? Es war absurd! Total verrückt, krank, abartig! Die dümmste Idee, die je auf einer blöden Farm ausgekocht worden ist. Und es wurde auch das größte Fiasko, wie jeder hätte voraussehen können. – Die Elektriker streikten, und alle Eisschränke fielen aus. Wir mußten die Eisbären also rauslassen bei 40 Grad Hitze! Und die Hitze hat sie natürlich alle wild gemacht. Die ganze Stadt zog los, um mich und meine Jungs abzuknallen. Aber ich hatte die Unterstützung der Regierung, war ja ein Experiment, und ich brauchte die nur anzurufen, und die haben dann eine ganze Armee eingeflogen. Das war vielleicht ein Fest! Panik, Chaos, Massaker. Als die Hölle losbrach, konnte ich mich gerade noch auf einer Toilette einschließen; draußen dreißig wildgewordene Eisbären mit Sonnenstich, die heulten und brüllten … und ich hatte kein Klopapier. Alles, was ich auf diesem verdammten Scheißhaus finden konnte, war der Stadtplan von eurer kleinen Stadt hier unten. Von A bis Z. Da saß ich nun auf dem Scheißhaus und suchte mir eine neue Bleibe, und die ist genau hier. Da bin ich also. Und es gibt überhaupt keinen Grund, Kurzer, gleich die Fassung zu verlieren, denn solange du und ich und das Frauchen uns gut vertragen, kannst du ganz ruhig bleiben. Ich bin jedenfalls sehr gesellig. Hast du nicht was von einer Party gesagt? Das ist doch ein Grund zum Feiern!

MANN *beherrscht* So, Liebling, ich rufe jetzt die Polizei. Sollte unser Freund sich schlecht benehmen, rufst du mich. Es geht ganz schnell. *Er geht, um zu telefonieren.*

COWBOY Auch einen Drink, Blondie?

FRAU Na gut.

COWBOY Ich denke, wir werden uns gut vertragen.

FRAU Mein Mann ruft gerade die Polizei an. *Der Cowboy
lacht. Die Frau reibt ihre Beine aneinander.* Ist das alles
wahr? Diese ganze Geschichte mit den Eisbären?

COWBOY Blondie wohnt hier tagaus, tagein in dieser kleinen
Kiste, mit ihrem Fernsehapparat, der HiFi-Stereo-Anlage,
der Waschmaschine, dem Rasenmäher und dem Sonnenschirm.

FRAU Den Sonnenschirm bekommen wir erst am Sonnabend.

COWBOY Dieser ganze Kram ist doch vollkommen unwirklich, das sind alles nur Täuschungen. Alles Unsinn, Scheuklappen. Das hält dich doch nur in süßer Unkenntnis
darüber, wie die Welt wirklich aussieht. Warum klammern
sich denn die alten Männer so an den Krieg, nicht an ihre
Geliebten, nicht an ihr Zuhause, sondern an den Krieg? Ich
sags dir: wenn sie gerade dabei sind, etwas zu begreifen,
dann lassen sie sich Scheuklappen anlegen, lassen sich in
einen Stall pferchen, stehen da und futtern Heu, bis
irgendein Kerl, der weiß, wos lang geht, auf die Idee
kommt, auf ihnen herumzureiten. Tut mir leid, wenn dir
das noch etwas zu hoch ist …

FRAU Nein, nein; ganz und gar nicht. Es ist sehr interessant.
Sie reibt ihre Beine aneinander.

MANN *kommt zurück, ignoriert den Cowboy* Ich habe die
Polizei angerufen. Aber die haben gesagt, sie können
nichts machen. Sie meinen, daß es sich offensichtlich um
einen Verrückten handelt, und deshalb könne man ihn für
seine Handlungen nicht verantwortlich machen. Verrückte fallen aber nicht in die Zuständigkeit der Polizei.

COWBOY Ich habs dir ja gesagt. Mach dir nichts draus,
Kurzer! Holen wir die Nachbarn rüber und feiern ein
Fest.

MANN *ignoriert den Cowboy weiterhin* Sie haben mir aber die Telefonnummer von der nächsten Nervenklinik gegeben. Wenn hier alles so weit in Ordnung ist, dann gehe ich eben noch mal und rufe da an.

FRAU Es ist alles in Ordnung.

COWBOY Ich würde mir damit nicht so viel Mühe machen.

Der Mann geht ab.

FRAU Erzählen Sie doch weiter.

COWBOY Die meisten Leute halten mich für einen Abenteurer. In gewisser Weise bin ich das auch noch. Aber ich bezeichne mich lieber als einen Studenten des Absurden. Das Absurde ist mein Glaube und mein Licht. Was gibt es Absurderes als das große Tacuarembo-Eisbären-Massaker, und ich auf dem Klo und wische mir ausgerechnet mit eurer Straße den Hintern ab. Ich spürte sofort, daß ich da an etwas dran war, das alles, was es bisher gab an Wahnsinn, in den Schatten stellen würde.

FRAU Da können Sie recht haben. *Der Mann kommt zurück.* Und?

MANN Der Anstaltsdirektor hat gesagt, daß sie solange nichts unternehmen können, bis er ein Verbrechen begangen hat.

COWBOY Hab ichs nicht gesagt? Das ist doch alles nur eine riesige Trickkiste. Und die gehört dir nicht. Wie kann dir denn überhaupt irgendwas gehören? Es kann dir nur passieren, daß du mitten in ihr drin steckst. Für einen Moment nur, und das verdankst du mir. Habt ihr Dope?

MANN Nein.

COWBOY Auch gut. Ich war gerade dabei, Blondie ein bißchen aufzuklären. Du kennst doch sicher so Momente im Leben, wo du neben dir stehst und dich selbst beobachtest. Und in Wirklichkeit bist du es, die sich beobachtet.

FRAU Ja! Ich verstehe genau, was Sie meinen. Also zur Zeit bin ich so wie neben mir. Alles ist irgendwie so unwirklich, und ich beobachte mich selbst.

MANN Entschuldigung, wenn ich jetzt Zeitung lese.

COWBOY Ich verrate dir jetzt das Geheimnis, den Schlüssel zur Erkenntnis des Universums. Dieses andere Du, das du gerade beobachtest, verändert sich ständig. Du kannst wie beim Fernseher Programme einschalten. Das ist nämlich kein festes Ding. Die Unveränderbarkeit der Persönlichkeit, dieser ganze Quark von der Identität, ist der totale Quatsch! Geschwätz! Das ist die reine Propaganda von irgendwelchen Bonzen, die daran interessiert sind, daß alles stabil bleibt, daß nichts sich verändert, damit sie das große Geschäft machen können.

MANN Jetzt langts mir aber! Bitte gehen Sie jetzt sofort!

COWBOY Nein.

MANN Dann bleibt mir eben nichts anderes übrig. *Er geht zur Kommode, holt eine Pistole aus der Schublade und fuchtelt damit herum, während er sie lädt.*

COWBOY Auf zum Showdown! *Er kippt das Sofa um und springt dahinter. Er zieht.* Der Sieger bekommt alles!

FRAU Moment mal, Jungs! Ich hab noch was zu sagen.

COWBOY Schieß los, Blondie!

FRAU *zum Cowboy* Mir gefällt, wie du so redest. Mich berührt das irgendwie. Ich mag deine Art. – Wenn du mich willst, dann bleibe ich nicht hier in dieser Kiste. Komm, wir machen uns beide auf die Socken!

COWBOY *überlegt kurz* Okay. *Er legt die Pistole weg.* Machs gut, Kurzer! Und nimms nicht so schwer.

Sie gehen. Der Mann ist irritiert und weiß erst nicht, was er machen soll. Richtet die Möbel, läßt es dann bleiben. Plötzlich gerät er in Wut. Er stampft einige Male mit den Füßen auf. Er denkt nach. Jetzt stampft er ohne Wut genauso wie vorher. Er denkt wieder nach. Jetzt läßt er das Stampfen in gekonnte Steppschritte übergehen.

MANN He, was ich noch alles kann! *Er rennt zum Telefon, bringt es ins Zimmer.* Mister Marvin? Hören Sie jetzt mal zu. Sie kennen mich noch, ja – »Little big man«, 1,65 und randvoll mit Talent. Morgen um zehn bin ich bei Ihnen.

Lichtwechsel. Im Scheinwerferlicht professionelles Steppen und Musik. Der Manager kommt angelaufen.

MANAGER Kam grade durch die Leitung, Bernie, am Montag nehmen wir Las Vegas.

Der Manager hat ihm den Mantel gebracht. Er zündet dem Mann eine Zigarette an, danach sich selbst. Die Frau kommt dazu in einem ziemlich abgerissenen alten Trenchcoat. Der Mann will an ihr vorbeigehen.

MANN Mensch, du!
FRAU Nein!!!
MANN Hat er dich sitzenlassen?
FRAU Er wollte auch noch Zypern übernehmen, und das ist mir alles zu heiß geworden, ich mußte da weg. Wie lange ist das jetzt schon her? Drei Jahre? Ich wollte einfach mal drauflos leben, mal sehn, wie das ist. Und du? Du bist ein großer Star geworden?!
MANN Ja.
FRAU Die Welt ist so großartig, Bernie! Nachdem wir von dir fort sind, sind wir direkt zum Empire State Building gegangen und wurden da sofort ausgewählt für eine Kampagne zur Empfängnisverhütung in Kalkutta. Herr Kondom und Frau Spirale. Ich habe gar nicht gewußt, daß es so viel zu lachen gibt.

MANN He, stop mal! Du bist also auch im Showgeschäft?

FRAU Ja, in gewisser Weise.

MANN Hör zu, Baby! Ich bin für Montag gebucht in Las Vegas. Ich wohne im Sands. Warum machst du nicht in meiner Nummer mit? Du hattest doch immer ganz geschickte Füße!

FRAU Okay. Und du weißt, wem wir das alles zu verdanken haben? Dem Vorstadt-Cowboy!

Licht und Musik für den Schlußsong mit Steppeinlage.

MANN UND FRAU *singen:*

> Fly me to the moon,
> das werd ich immer mit dir tun
> und denken wir einmal zurück,
> wem verdanken wir das Glück,
> dann liegt uns offen diese Welt,
> in der wir tun, was uns gefällt.
> Mal Tango und mal Mambo,
> das ist der Tacuarembo,
> der heiß und kalte Eisbärtanz.
> Wenn du in deinem Häuschen sitzt
> und denkst, du kriegst etwas nicht mit,
> dann hol dir den Bandit,
> das geht ab wie Dynamit.
> Mal Tango und mal Mambo,
> das ist der Tacuarembo,
> der heiß und kalte Eisbärtanz.

Der Cowboy tritt auf und ballert wild um sich. Die beiden Schauspieler fallen getroffen um. Sie stehen wieder auf. Gemeinsame Verbeugung.

Das war Mr. Pilks größtes dramatisches Werk. Überzeugt es Sie nicht vollends von Mr. Pilks Genie? Erinnert es Sie nicht an Shakespeare?

Zwischen Psychoanalyse und Wunderheilung ist die folgende Szene angesiedelt, eine großartige symbolische Darstellung des ewigen Vater-Sohn-Konflikts:

DER HAMMERZEH

Der Hammerzeh

Ein ärztliches Untersuchungszimmer in Süd-Dublin, Balls-bridge.

ARZT Der Nächste bitte.

Maguire und sein schrumpelnder Vater treten ein.

ARZT Guten Tag, Maguire.
MAGUIRE Guten Tag, Herr Doktor.
ARZT Na, wie gehts denn dem Papa? Spricht er wieder?

Maguire setzt den sprachlosen Vater auf einen Stuhl. Sofort fängt dieser mit zitternden Händen an, seinen Schuh und Strumpf auszuziehen.

MAGUIRE Nein. Er sagt kein Wort, und jetzt fängt er auch noch an zu schrumpfen, Herr Doktor! Er ist nur noch ein Schatten seiner selbst. Da – sehen Sie, jetzt zieht er diesen Schuh aus und dann noch den Strumpf! Er kann nicht einmal den Strumpf mehr anbehalten! Und das hier – sehen Sie –, das bringt mich noch um den Verstand! *Er nimmt Vaters Fuß hoch und zeigt dem Arzt den zweiten Zeh, der eingekrallt über dem großen Zeh liegt.*
ARZT Der Hammerzeh?
MAGUIRE Genau, Herr Doktor, sein Hammerzeh. Sie müssen sich einmal mein Leben vorstellen! Ich will doch nur mit dem Alten auskommen, aber von morgens bis abends räume ich hinter diesem Abklatsch meines früheren Vaters her, hinter der ehemals stattlichen Erscheinung, die einst mein Vater war! Das ganze Geld, das er früher mit seiner Dichtung verdient hat, ist weg, futsch, rausgeschmissen

für Weiber und Alkohol. Wir können nicht mal mehr die Stromrechnung bezahlen, verstehen Sie?! So. Und wenn dann der Abend kommt, dann werde ich von diesem Hammerzeh vollkommen hypnotisiert. Ich versuche im Halbdunkel ein Buch zu lesen, aber wie magnetisch werden meine Augen von diesem Hohngebilde angezogen. Vor meinen Augen verwandelt es sich immerfort. Sehen Sie, dieser Fußnagel da, der sieht doch genau aus wie ein Helm. Das ist ein Soldat, der einen verwundeten Kameraden vom Schlachtfeld schleppt. Und von dieser Seite, Herr Doktor, sieht es wieder ganz anders aus: ein Mörder, ein Wahnsinniger mit einer Axt – es sieht doch aus, als beginge er an der verstümmelten Leiche seines Opfers die Tat noch einmal ... Und wenn endlich der Morgen kommt, die ersten Sonnenstrahlen durchs Fenster fallen, dann sieht es aus wie ein Liebhaber, der mit seiner verkrüppelten Geliebten im Arm die Felsen der Steilküste hinaufsteigt. Sie reden von Liebe und ewigen Dingen, ehe sie sich in den Tod stürzen. Bitte tun Sie etwas gegen diesen verdammten Zeh. Er treibt mich zum Wahnsinn!

ARZT Wir werden ihn mal untersuchen. *Er tut es.* Für eine große Operation ist Ihr Vater zu alt. Es gibt nur eine Methode, die Sprengung. Ich rate Ihnen, den Zeh wegsprengen zu lassen.

MAGUIRE Wegsprengen, Herr Doktor! Ist das Ihr Ernst?

ARZT Ja. Ich habe hier zufällig noch ein paar Silvesterknaller in der Tasche.

MAGUIRE Ich bin zwar kein Arzt, aber glauben Sie ...?

ARZT Mischen Sie sich nicht ein, Herr Maguire. Halten Sie lieber seinen Fuß gerade. *Der Arzt steckt Silvesterknaller zwischen die Zehen des Vaters.*

MAGUIRE Das sieht ja lustig aus.

ARZT Das sind medizinische Knaller. *Er legt Feuer.* In Deckung!

Der Arzt und Maguire gehen in Deckung. Die Lunte geht aus. Der zitternde Vater nimmt die Knaller heraus und wirft sie weg. Riesenexplosion im Papierkorb.

VATER Was ist denn das für ein säuischer Trick?
MAGUIRE Er hat gesprochen! O Gott, Doktor! Wegen einer kleinen Operation bin ich zu Ihnen gekommen, und Sie haben ein großes Wunder vollbracht! Er spricht wieder! Komm, Vater. *Beide gehen wie »erhoben« ab. Orgelmusik setzt ein.*

Was ist Wirklichkeit in diesem Spiegelkabinett? Diese Frage ist explosiver Stoff für das Gehirn. Sein und Schein, Sex und Crime, wie eng liegt das zusammen. Traumerfüllung oder Tiefenpsychologie. Mr. Pilks nächstes Drama erinnert an die besten Hitchcock-Filme. Ein Koffer voll beschriebener Bierdeckel, Zigarettenpäckchen, Servietten und Toilettenpapier könnte die Grundlage für ein cinematographisches Forschungsprogramm bilden. Der Auftrag müßte lauten: Kannte Alfred Hitchcock Henry Pilk? – Das soll nur eine kleine Anregung sein. Weiter zum nächsten Thrill:

DAS GEHEIMNISVOLLE FLÜSTERN

Das geheimnisvolle Flüstern

Eine Frau sitzt mit dem Rücken zu den Zuschauern. Sie trägt elegante Handschuhe. Man sieht ihr wunderschönes langes Haar, aber es ist eine Perücke. Nach einigen Momenten tritt der Mann auf.

MANN Henrietta?

FRAU Robert, bitte setz dich doch.

MANN Aber ...

FRAU Bitte setz dich hin, Robert. Sei mir nicht böse, aber ich möchte mich nicht umdrehen. Es hat sich so viel verändert, seit wir uns das letzte Mal gesehen haben.

MANN Ich kann überhaupt nicht begreifen, warum du mich die ganze Zeit nicht sehen wolltest. Ich war so fest davon überzeugt, daß die Zeit unserer Liebe nichts anhaben kann.

FRAU Das habe ich auch geglaubt.

MANN Was ist denn passiert? Sieh mich doch an! *Sie dreht sich herum. Sie trägt eine wunderschöne Maske.* Was ist das? Nimm doch dieses dumme Ding ab! *Er steht auf und nähert sich ihr in der Absicht, ihr die Maske abzunehmen.*

FRAU *im Befehlston* Setz dich sofort hin! Oder ich muß dich wegschicken. *Er setzt sich.* Es tut mir leid, Liebster, verzeih.

MANN Gut. Aber sag mir doch bitte endlich, was passiert ist. *Er nimmt ihre Hand. Sie fühlt sich sehr fremd an. Er läßt sie wieder los.*

FRAU *dreht sich um* Du siehst, vieles ist anders geworden.

MANN Was ist denn mit deiner Hand geschehen? Sie fühlte sich so ... Was ist passiert?

FRAU Ich werde es dir erzählen. Es ist eine seltsame und grauenvolle Geschichte. Ich mache es so kurz wie möglich.

MANN Fang an.

FRAU Weißt du noch, wie oft ich dir von dem alten Haus meiner Eltern erzählt habe? An Weihnachten bin ich nach Hause gefahren zu meiner Mutter. Es war wunderbar. Mein kleines Zimmer unter dem Dach schien die ganze Zeit auf mich gewartet zu haben. Meine Mutter hatte alle Puppen auf mein Bett gesetzt; meinen Teddybär, meinen Pinocchio, das kleine Ännchen. Meine beiden Brüder waren auch da; sie sind inzwischen längst erwachsen. Wir haben ein wunderschönes Weihnachtsfest zusammen gefeiert. Mir war, als sei die Zeit stehengeblieben. Erst um zwei Uhr haben wir uns schlafen gelegt. Ich lag in meinem kleinen Zimmer und hatte nur den einen Wunsch, daß es immer so weitergeht. Und dann hörte ich auf einmal dieses Flüstern ...

MANN Flüstern?

FRAU Zuerst konnte ich nicht feststellen, woher es kam. Ich dachte, es wären meine Brüder; aber dann wurde es immer deutlicher; es waren zehn oder mehr Leute, unten im Haus, die flüsterten ... dann dachte ich, es sei bloß Einbildung ...

MANN Was haben sie denn geflüstert?

FRAU Nur geflüstert. Und ich lag die ganze Zeit da. Es wurde immer bedrohlicher. Es klang, als ob es immer mehr Menschen würden; wir hatten schließlich eine Menge an diesem Abend getrunken. Doch dann beschloß ich nachzusehen, was da los war.

MANN Und was war?

FRAU Am Fuß der Treppe ist eine große Tür, die in den Keller hinabführt. Von dort, also von unten herauf, drang dieses Flüstern, und sogar kleine Schreie, als ob kleine

Tiere quietschten, und ein Scharren und ein Knacken – aber vor allem dieses Flüstern, wie in einem entsetzlichen Traum.

MANN Ja.

FRAU Ich öffnete die Tür. – Und eine riesige Woge, wie bei einem Dammbruch – eine brüllende Feuerwand fiel über mich her ... Als ich wieder zu mir kam, lag ich unter einem Vakuumzelt, ein Vorhang war um mein Bett gezogen, damit niemand diese entsetzlichen Verbrennungen sehen mußte; nicht einmal ich selbst, denn es gab keinen Spiegel. Meine Hände waren verbrannte Stümpfe; kein Gesicht mehr. – Das Flüstern war die Stimme des Feuers. *Pause.* Möchtest du jetzt, daß ich die Maske abnehme?

MANN Wenn du es willst. *Die Frau nimmt eine Pistole und lädt sie durch.* Was soll denn das?

FRAU Ich erwarte nicht von dir, Robert, daß du mich noch liebst, aber ich glaube, unsere Liebe war wirklich ...

MANN Ja ...

FRAU Kannst du dir vorstellen, wie ich früher ausgesehen habe?

MANN Ganz deutlich!

FRAU Dann ... Ich bitte dich darum ... dann nimm jetzt all dein Erinnerungsvermögen zusammen. Stell dir den Moment vor, wo deine Liebe zu mir am allerheftigsten war. Stell dir mein Gesicht vor, wie du es in Erinnerung hast, und – liebe mich, – hemmungslos – ohne Schranken. Laß uns die Zeit in die Luft sprengen. Und wenn ich schreie, erschieß mich. Schieß mir in den Kopf und ins Herz. Sei mein für immer! – Tust du das für mich? *Der Mann überlegt einen Moment. Die Frau reicht ihm die Pistole.* Bitte.

MANN Ja.

FRAU Mach das Licht aus, Robert.

Sie lehnt sich zurück. Der Mann löscht das Licht. Beischlafge-
räusche. Auf einmal geht das Licht an. Der kleine Bruder steht
da mit gleicher Maske und Handschuhen. Der Mann steht mit
den Hosen um die Knie, er hält die Pistole in der Hand.

BRUDER Es tut mir leid, Henrietta, ich wußte nicht, daß du
  beschäftigt bist.
FRAU Das ist mein kleiner Bruder David. Das ist Robert.
BRUDER Ich hab schon viel von dir gehört. Ich will euch jetzt
  nicht weiter stören.
MANN Gut. *Der Bruder geht.* Henrietta ist es dir recht, wenn
  ich mir erst mal einen Whiskey genehmige, bevor wir
  weitermachen?

Was kennzeichnet das Genie shakespearescher Dimension? Tragödie und Komödie, Tragik und Komik sind unzertrenn- lich. Was ist Lachen ohne Weinen? Tod ohne Leben? Folgen wir Mr. Pilks Gratwanderungen ins Ungewisse. Beschäftigen wir uns mit der scheinbar läppischen Frage: WIE LANGE GEHT WAS SCHON? Noch vor dem Zähneputzen schrieb Mr. Pilk diesen Sketch auf das Etikett einer Flasche Bourbon. Entspannen Sie sich bei diesem Irrlicht durch Raum und Zeit:

WIE LANGE GEHT WAS SCHON?

Wie lange geht was schon?
Ein Hörspiel

ERSTER Ich vergesse alles, was ich gesagt habe, sobald ich es gesagt habe.

ZWEITER Wie lange geht was schon?

ERSTER Was meinst du mit: »Wie lange geht was schon?«

ZWEITER Ich sage immer, was der andere auf das, was ich gesagt hätte, antworten würde. Du hast gesagt, daß du alles vergißt, was du sagst, sobald du es gesagt hast. Ich hätte fragen müssen: »Wie lange geht das schon?« Ich habe gesagt: »Wie lange geht was schon?« Das hättest du nämlich gefragt, wenn ich »Wie lange geht das schon?« gesagt hätte.

ERSTER Ich glaube, du mußt mal zum Arzt.

ZWEITER Und was hat er gesagt?

ERSTER Was meinst du mit: »Was hat er gesagt?«

ZWEITER Das hättest du doch gesagt, wenn ich gesagt hätte: »Ich war gerade beim Arzt.«

ERSTER Und was hat er gesagt?

ZWEITER Du lieber Himmel, so ein Quatsch!

ERSTER Das hat der Arzt gesagt?

ZWEITER Nein, das hättest du gesagt, wenn ich dir gesagt hätte, was der Arzt gesagt hat.

ERSTER Du lieber Himmel, so ein Quatsch!

ZWEITER Aber was hat er denn gesagt?

ERSTER Woher soll denn ich das wissen, du warst doch bei ihm.

ZWEITER Nein, das ist doch das, was du gesagt hättest!

ERSTER Aber ich vergesse doch sofort alles, sobald ich es gesagt habe.

ZWEITER Aber das macht nichts, weil ich doch immer sage, was du gesagt haben würdest.

ERSTER Das hast du eben aber nicht getan!

ZWEITER Was nicht getan?

ERSTER Das weiß ich doch nicht, weil ich schon wieder vergessen habe, was ich gesagt habe. »Das weiß ich doch nicht, weil ich schon wieder vergessen habe, was ich gesagt habe.« Hurra! Ich bin geheilt!

ZWEITER Ich auch! Weil ich »Ich auch« gesagt habe, und das hätte ich ja auch gesagt.

BEIDE *unisono* Ein denkwürdiger Moment. Ich dachte schon, ich werde verrückt. – Hast du etwas Komisches bemerkt? Nein, was? Wir sprechen beide gleichzeitig. O stimmt. Mir ist nicht klar, ob ich rede, während du redest, oder ob du redest, während ich rede. – Wenn du deinen Mund hältst und ich weiterrede, dann haben wir den Schuldigen. *Stille.* Ich bin es also nicht. Du bist es. Nein, auch nicht. Ich sage jetzt meinen Namen. Wenn du einen anderen Namen sagst, dann weiß ich, wer hier spinnt. Tom/Ken. Da haben wirs! Du bist es!

ERSTER *Tom* Wirklich wahr, ich habe gesponnen.

ZWEITER *Ken* Nein, ich war das.

ERSTER Wir wollen doch jetzt darüber keine kindischen Debatten führen.

ZWEITER Wenn du es warst, dann mach doch weiter. Los, sprich gleichzeitig mit mir!

ERSTER Nein.

ZWEITER Kannst du es nicht?

ERSTER Keine Lust.

ZWEITER Kann jeder sagen.

ERSTER Mach dus doch.

BEIDE Gut, dann mach ichs, hör zu.

ZWEITER Hörst dus?

ERSTER Ja, aber …

ZWEITER Aber was? Ich habe gleichzeitig mit dir gesprochen.

ERSTER Das ist ja lächerlich. Warum sollte ich denn sagen: »Dann mach ichs, hör zu«? Du hättest das doch sagen müssen.

BEIDE Um es dir zu beweisen, rede ich jetzt noch einmal gleichzeitig mit dir, okay?

ERSTER Warum sollte ich denn das jetzt sagen?

ZWEITER Weiß ich doch nicht, du hast es aber gesagt.

ERSTER Was gesagt?

ZWEITER Das gesagt.

ERSTER Jetzt habe ichs vergessen, was ich gesagt habe.

ZWEITER Wie lange geht was schon? – Mach dir nichts draus! Gehst du?

ERSTER Ja. Mir fällt dazu heute auch nichts mehr ein.

Was ist das Thema unserer Tage? Umweltverschmutzung, Aufrüstung, Overkill, Frieden. Alles hochbrisante Themen, aber kein Thema ist so virulent, keins ist so an jeden Einzelnen von uns gebunden wie das Problem der eigenen Identität. Ganze Berufszweige ernähren sich von dieser persönlichen Frage. Mit fanatischer Besessenheit verfolgt Henry Pilk dieses Problem, und um es zu lösen, läßt er uns in Abgründe blicken. In dem nächsten außergewöhnlichen Stück packt er das Thema nicht mit Freud, sondern mit Shakespeare an:

DER MANN, DER IN SEINEM EIGENEN ARSCHLOCH VERSCHWINDET

Der Mann, der in seinem eigenen Arschloch verschwindet

ARTHUR Guten Tag, Liebling! ... *Zu sich.* Da ist es schon wieder ... schon wieder höre ich nur mir selber zu und versuche überhaupt nicht, jemanden anzusprechen ... *Er versucht es.* Guten Tag, mein Liebling!

SANDRA *begrüßt ihn, sie nimmt ihm den Hut aus der Hand und legt ihn beiseite.* Hast du einen guten Tag gehabt, Schatz?

ARTHUR Ja.

SANDRA Das Essen ist gleich soweit.

ARTHUR Fein! *Er versucht zu kommunizieren.* Fein! O wie schön! Ich freue mich schon so auf das Essen!

SANDRA Geht es dir gut, Arthur?

ARTHUR Bestens, meine Liebe.

SANDRA Es ist gleich soweit.

ARTHUR *versucht zu kommunizieren* Mir geht es sehr gut. *Zu sich.* Eigentlich geht es mir überhaupt nicht ... o Gott, o Gott.

SANDRA Was ist denn mit dir los?

ARTHUR Nichts.

SANDRA Du bist so seltsam.

ARTHUR Es ist wirklich nichts ... Nur, ich habe heute in der Kneipe einen ehemaligen Freund wiedergetroffen. Ich war früher mit ihm zusammen auf der Schule. Wir sind zusammen spazierengegangen und haben uns über alte Zeiten unterhalten ... *Zu sich.* Mann, hör auf! *Er versucht wieder zu kommunizieren.* Naja, der hat also gesagt, daß er mich beinahe gar nicht wiedererkannt hätte, weil ich mich so verändert habe. Sogar meine Stimme und meine Art zu sprechen wären vollkommen anders als früher.

SANDRA Das stimmt doch auch, Arthur, er hat ganz recht. Darauf kannst du doch stolz sein. Hättest du nicht so an deiner Stimme und deinen Bewegungen gearbeitet, dann hättest du doch nie im »Hamlet« den Voltimand spielen können.

ARTHUR Ja. – Aber dieser alte Freund hat mir gesagt, daß ich gar nicht mehr rede, um mich mit jemandem zu unterhalten, sondern daß ich nur meiner eigenen Stimme zuhöre. Und das stimmt einfach. So ist es, und eben tue ich das auch. Ich höre mir die ganze Zeit nur selber zu. – Ich könnte es ja wieder mit meiner alten Stimme versuchen. *Er spricht etwas normaler.* So, wenn ich so spreche … Nein – *er spricht wieder affektiert* – das geht nicht. So spreche ich eben einfach nicht mehr, ich bin anders geworden. Aber – wer bin ich? Was haben sie aus mir gemacht? Weißt du, Stimmbildung; da lernst du doch so zu sprechen, wie du gerade nicht sprichst, und Gestik und Mimik sind auch bloß dazu da, damit du dich nicht so bewegst, wie du dich natürlicherweise bewegen würdest. Gerade jetzt, während ich darüber spreche, lausche ich meiner eigenen Stimme, lausche auf einen nicht ganz reinen Vokal … *Er versucht seine Obsession loszuwerden, indem er den Kopf nach hinten neigt und Stimmlaute bildet.* Ooooooooooooo-Aaaaaaaaaa-Uuuuuuuuuu-buuuuuu pppppappppppa-Mürüsümürüsü-Mimimimimimimimimi. Hilf mir doch, Sandra!

SANDRA Komm, setz dich. Ruh dich aus.

ARTHUR *setzt sich* Ja.

SANDRA Hör auf damit, denk nicht mehr nach.

ARTHUR Ja. *Sandra massiert ihm den Nacken.*

SANDRA Tut das gut?

ARTHUR Mm. – *Mehr und mehr bekümmert.* Schatz … jetzt denke ich über das Denken nach … Ich kann an nichts anderes denken als ans Nachdenken. Ich spreche jetzt nur, um nicht mehr an das Denken denken zu müssen, und das klappt auch nicht, weil ich ja weiß, daß ich das tue, um ... Sandra! Wie kann ich denn nur aufhören, über das Denken nachzudenken?

SANDRA Stell dir vor, alles ist schwarz.

ARTHUR Ja. *Er versucht es* Ja. *Es scheint zu funktionieren, aber da:* Nein! Nein! Meine Gedanken lassen sich nicht austricksen. Mein Verstand weiß, daß ich mir alles schwarz vorstelle, um nicht mehr über das Denken nachdenken zu müssen.

SANDRA Dann denke doch einfach nichts. Füll deinen Kopf mit Leere.

ARTHUR Ja. *Er versucht es.* Mein Gehirn fühlt sich selbst! Es fühlt sich selbst!

SANDRA Ist das wie Kopfschmerzen?

ARTHUR Kein Schmerz, nein, Schmerz ... *Steht auf* Vielleicht ist das die Lösung. Ich muß mir Schmerzen zufügen. Mein Verstand soll außer sich geraten. *Er haut sich selbst in den Magen.* Nützt auch nichts. Immer weiß mein Verstand, warum ich was tue. Und natürlich wird er es nicht zulassen, daß ich mich so fest schlage, daß ich den Verstand verliere. Sandra, tritt du mich! *Sie will nicht.* Tritt zu, Frau! *Sie wehrt sich.* Tritt mich, Weib! *Sie tritt.* Das ist doch nichts. Fester! Noch fester!

Sandra tritt und tritt, bis ihr der Fuß weh tut. Sie fängt an zu weinen. Arthur sucht nach andern Mitteln. Er nimmt eine Schere und versucht, sich den Daumen abzuschneiden. Er versucht, sich zu erstechen. Doch sein Verstand hält ihn zurück. Er bittet Sandra, ihn zu erstechen. Sie weigert sich. Er entdeckt ein Gummiband. Er nimmt es und sucht nach einer Möglichkeit, das eine Ende irgendwo zu befestigen. Er findet nichts. Er gibt das andere Ende Sandra in die Hand.

ARTHUR So, geh da rüber.
SANDRA Warum?
ARTHUR Geh da rüber, Frau!

*Sie folgt seiner Anweisung und geht mit dem Gummiband
von der Bühne in den Zuschauerraum.*

SANDRA Und ich habe so einen leckeren Braten im Ofen!
ARTHUR *prüft die Spannung des Gummibandes* Geh noch
    weiter.
SANDRA Wohin treibst du mich, Arthur?
ARTHUR Weiter! Weiter!
SANDRA Nein. Nicht mehr.

*Arthur hält das eine Ende des Gummis, geht zu Sandra und
stellt sie hinter die Zuschauer. Er geht zurück auf die Bühne.
Das Gummiband spannt sich über die Köpfe der Zuschauer.
Er nimmt das Ende in den Mund.*

ARTHUR So, jetzt laß es knallen!
SANDRA Nein.

Ad libitum. Bis sie es versehentlich doch losläßt.

ARTHUR Das hilft auch nicht. *Sandra rennt weg.* Ich kann
    machen, was ich will, mein Verstand durchschaut mich.
    Wenn ich ihn erwürgen könnte. Das wird er nicht zulas-
    sen … Ich habe mich nicht mehr in der Gewalt! *Er läuft
    herum und schlägt sich an den Kopf, rennt mit dem Kopf
    gegen die Wand, Stuhl, Tisch usw.* So, jetzt fängt mein
    Magen auch noch damit an! Mein gesamtes Nervensystem
    fängt an, sich selbständig zu machen!
SANDRA Ich habe den Arzt angerufen.
ARTHUR Sandra!

SANDRA Ja?

ARTHUR Ich verschwinde in meinem eigenen Arschloch! Hilfe! Zieh mich raus! Schnell, hilf mir doch, bevor mein Kopf hineinrutscht! – Auf Wiedersehen, Sandra! Auf Wiedersehen! Wieder glubglubglub. *Er versucht, noch zu sprechen, aber sein Mund ist wie mit einer Ballonhaut verschlossen.*

Es folgt eins von Mr. Pilks faulen Stückchen. Lyrik hat etwas mit Faulheit, aber auch mit höchstem subjektiven Ausdruck zu tun. Ja, was ist Wirklichkeit in diesem Spiegelkabinett? Ein Stück authentisches Leben. Lassen Sie sich berühren von der Innigkeit dieses leisen, verzweifelten Schreis:

EINS VON MR. PILKS FAULEN STÜCKEN

Eins von Mr. Pilks faulen Stücken

EIN SCHAUSPIELER *liest ein Gedicht vor:*
    Ich bin verliebt,
    Kein Dach mir gibt
    genügend Raum.
    Aber mit dir im Traum
    Fliegen wir zu den Sternen
    Rasant, uns zu entfernen.
    Was ist Wirklichkeit in diesem Spiegelkabinett?
    Frau in Schwarz, du bist so nett.
    Ich frage mich
    Gibt es dich?
Die Identität dieser schwarzen Dame in Mr. Pilks Gedich-
ten ist, soweit wir informiert sind, unbekannt. Als Mr.
Pilk hörte, daß diese Frage diskutiert wird, notierte er das
Folgende auf einem Briefbogen des Liverpool-Hotels und
bat darum, es vorzutragen:
    Alles, was ich schreibe,
    Schreibe ich für dich.
    Meine irre Reise,
    Diese ganze Weise
    Ist nur für dich.
    Weißt du, wer du bist?
    Ich glaub, du weißt es wohl
    Und wirst es nie verraten.
    So muß ich heute wieder raten,
    Ob unter diesem ganzen Volk
    Du irgendwo da unten weilst.
    Alles ist Zufall, Chaos, Glück
    Und du bist hier
    So sprich in diesem Augenblick.
    Schrei es hinaus in alle Welt:

Ich bin Sie!
Sprich es aus und ich komm'
Über Berge und Meere.
Jetzt oder Nie
Jetzt ist der Nu
Ich höre Zu.
Sprich – Jetzt!
Hier an dieser Stelle habe ich die Anweisung zu unterbre-
chen … Wenn also keine ehrliche Antwort erfolgt, dann
soll ich fortfahren …
Du bist nicht da.
Ich sage Ciao.
Warum Adieu, wenn du
Doch weilst auf dieser Welt?
Weils mir gefällt,
Genug beschworen,
Genug gehofft aufs große Glück,
Die Hoffnung bleibt,
In Gedanken kehrst du zurück.
Adieu!

*Ein Dozent erhebt sich aus dem Publikum und gibt vor zu
wissen, um wen es sich bei dieser Frau in Schwarz handele. In
einem frühen Gespräch mit Henry habe sich herausgestellt,
daß Mr. Pilk im Alter von fünf Jahren, also kurz bevor er
Kanada verließ, in einem Versandkatalog von Eatons ein
Mannequin gesehen hat, bei deren Anblick er die erste
sexuelle Erregung verspürte. Er sucht diese Person also nicht so
sehr in der Realität, sondern man könne eher die Behauptung
wagen, daß es sich bei ihr um die Verkörperung eines Traum-
bildes handele, um ein Ideal.*

Ja. So weit Henry Pilk persönlich. Das hat etwas Erschütterndes. Aber vom Allerpersönlichsten zum Allgemeinen. Mr. Pilk nimmt die Justiz aufs Korn. Jurisprudenz ist für Mr. Pilk auch nur ein Bestandteil der großen Täuschungen; ein vergeblicher Versuch, Ordnung in die große Verwirrung zu bringen:

ZWISCHENFALL VOR GERICHT

Zwischenfall vor Gericht

STAATSANWALT Wenn es mir gestattet ist, möchte ich auf das Indiz, die Cremedose zurückkommen. Mr. Prodal, in besagter Nacht vom 4. Juni, haben Sie selbst oder hat Lady Tightparts die Dose aus dem Badezimmer geholt?

ANGEKLAGTER Das weiß ich nicht mehr genau.

STAATSANWALT Sie wissen es nicht genau, Mr. Prodal. Sie wissen es nicht genau. Sie haben soeben unter Eid ausgesagt, daß Sie am 6. Mai vor sechs Jahren den Fettfleck auf Lord Tightparts' Golfjackett entdeckt haben. Wissen Sie das genau? Gibt es denn überhaupt irgendetwas, was Sie genau wissen? Irgendetwas? IrgendETWAS? IRGEND-ETWAS? IRGENDETWAS? Irgendetwas? IRGEND-etwas? IRGENDetwas! IRGENDETWAS? IRGEND-ETWAS?! Irgendetwas. Irgendetwas/irgendetwas. Irgendetwasirgend. Etwasirgend. ETWASIRGEND. ETWASirgend. EtwasIRGEND. Etwasirgendetwas. Irgendetwas. Irgendetwas. Irgendetwas. *Visionär.* Irgendetwas! *Jubelnd.* Irgendetwas! Irgendetwas! Irgendetwas!!

Der Staatsanwalt verwandelt sich in einen Vogel und fliegt zum Fenster hinaus.

RICHTER Möchte der Angeklagte »Irgendetwas« dazu sagen?

ANGEKLAGTER »Irgendetwas«?

Der Richter bemerkt, daß er aus Versehen das Wort »irgendetwas« in Anführungszeichen gesprochen hat.

RICHTER Irgendetwas.

ANGEKLAGTER *gibt dem Richter zu verstehen, daß er ihn verstanden hat* Irgendetwas.

RICHTER *grundlos* Irgendetwas. *Es mißfällt ihm, daß er ohne jeden Anlaß »irgendetwas« gesagt hat.* Irgendetwas. *Er steht auf, um ein Glas Wasser zu trinken. Er will einen Witz machen, aber aus seinem Mund kommt* Irgendetwas.

Er zuckt die Achseln und geht ab.

Kleine Schwester

Vor einiger Zeit habe ich einen Mann getroffen, der hat mir eine merkwürdige Geschichte erzählt. Diese Erzählung hat mich tief in ihren Bann gezogen. Von diesem Zeitpunkt an verfolgt mich der Blick der Mutter, so wie er ihn mir beschrieben hat, als sie ... aber ich bin ja schon mitten in der Geschichte.

Dieser Mann war ungefähr Ende fünfzig. Er war durchaus konservativ gekleidet, hatte jedoch etwas in seinem Blick, was ich bisher nur aus den Anstalten kannte. Es war der Blick eines Reisenden. Unsere Blicke trafen sich. Schlagartig wurde uns klar, daß es uns nur deshalb in dieses Restaurant verschlagen hatte, um uns zu treffen und um gemeinsam eine Reise anzutreten. Ich muß anmerken, daß die Wahl der Reise nicht in der Macht des Reisenden stand. Unsere Begegnung war also kein Zufall. Er brachte mir etwas nah, von dem ich bisher keine Ahnung hatte: die Persönlichkeit des Wassers. Unvermittelt brach er unsere Unterhaltung ab: »Ich muß pinkeln«, sagte er, »danach erzähle ich dir eine Geschichte.« Als er wieder an den Tisch zurückkam, bestellte er etwas zu trinken und begann:

Es war einmal ein kleines Mädchen, knapp zwei Jahre alt, die lebte in einem großen, alten Haus am Rande der Stadt. Sie fing gerade an, sprechen zu lernen. Ihre Mutter hatte sie schon einige Wochen nicht mehr gesehen. Ihr Vater hatte ihr eines Tages erklärt, daß ihre Mutter eine Zeitlang verreisen müßte, daß sie aber bald wiederkäme. Das kleine Mädchen nickte nur. Schließlich hatte sie noch ihre Kinderfrau, und so nahm sie die Abwesenheit der Mutter ohne Murren hin. Das Kind besaß viele Spielsachen und viele Puppen. Ich spreche von einer Zeit vor mehr als vierzig Jahren, da hatten die Puppen noch andere Gesichter als heute. Sie sahen lebendiger aus und schauten dich mit richtigen Augen an. Sie hatten intelligente Gesichter, nicht diese »Hab-mich-lieb-Fratzen«. Ein Symptom unserer gegenwärtigen Gesellschaft, finden Sie nicht auch? – Aber ich schweife ab. Wo war ich stehengeblieben? Ja. Drei Wochen nach der Abreise der Mutter also hielt sich das kleine Mädchen einmal im oberen Stockwerk des Hauses auf. Sie wußte, daß die Kinderfrau mit ihr schimpfen würde, wenn sie sie erwischte. Es war wohl so, daß einige Pfosten des Treppengeländers morsch waren. Bei einem Sturz durch das Geländer wäre man zwanzig Meter in die Tiefe gestürzt. Das kleine Mädchen schlenderte den oberen Korridor entlang und schaute in sämtliche Zimmer. Diese Zimmer hatte sie noch nie zuvor gesehen. In einem Zimmer entdeckte sie ein regelrechtes Gebirge aus den wunderschönsten Dingen, so beeindruckend, daß sie beinahe anfing zu weinen. In Wirklichkeit handelte es sich um einen Berg voller Gerümpel. So etwas hatte sie noch nie erlebt. Sie empfand so etwas wie Ehrfurcht; Ehrfurcht an der Schwelle zum schrankenlosen Universum. Aber ich schweife schon wieder ab, Entschuldigung. Nach der Zeitrechnung der Erwachsenen verbrachte das Kind etwa eine Stunde dort oben. Dem kleinen Mädchen aber erschien es wie eine Ewigkeit. Langsam senkte sich die Dämmerung herab. Selbst der herrlichste Anblick bei Tag kann sich bei Nacht ins Ungeheuerlichste verwandeln. Sie bekam Angst und machte sich auf den Rückweg. Da sah sie am anderen Ende des Ganges einen freundlichen Lichtschein, der durch eine leicht geöffnete Tür fiel. Sie ging dem Licht entgegen. Von ganz weit drangen Stimmen an ihr Ohr. Sie erkannte die Stimme ihrer Mutter unter den Stimmen, die lachte. Das kleine Mädchen ging weiter und kam in ein Schlafzimmer. Auf einmal stand das Kind sich selbst gegenüber; da war ein großer Spiegel. Ihr eigener Anblick faszinierte sie. Das hatte sie bisher noch nie erlebt; höchstens ganz kurz, wenn ihr Vater sie hochhob, um sie in einen Spiegel schauen zu lassen. Sie betrachtete sich lange Zeit, und sie ließ in dem Spiegel ihren Blick durch den Raum schweifen. Da entdeckte sie etwas, was in ihr dasselbe ehrfürchtige Gefühl hervorrief, das sie bereits in der Rumpelkammer verspürt hatte: hinter ihr in einer Ecke des Zimmers, stand ein kleines Bett mit vier hohen Pfosten. Es war größer als ein Puppenbett, aber zu klein für sie selbst. Die Spitzenvorhänge um das Bettchen zogen sie magisch an. Langsam drehte sie sich um. Sie wollte sich vergewissern, ob das, was sie da sah, auch wirklich existierte. Und wirklich, da stand das Bett. Wie im Traum ging sie darauf zu. Darin lag die schönste Puppe der Welt. Eine so schöne Puppe hatte sie noch nie gesehen. War das ein Geschenk für sie? Kaum wagte sie zu atmen. Die Puppe schien fest in dem Bettchen angebracht zu sein. Ein Vorhang umschloß das Bett, aber ihre aufgeregten Hände machten ihn los, und endlich zog sie die Puppe heraus. Sie faßte sie am Bein. Es tat einen leichten Schlag, aber es war nichts kaputtgegangen. Sie zog die Puppe zur Tür, den Gang entlang, immer hinter sich her und bum, bum, bum die Treppenstufen hinunter; den Gang entlang und bum, bum die nächsten Stufen hinunter und so weiter, bis sie unten in der Eingangshalle war. Die Stimmen waren unterdessen lauter geworden, sie kamen immer näher. Sie erkannte jetzt die Stimme ihrer Muter ganz deutlich, auch die ihres Vaters und der Kinderfrau. Sie hörte Gläser klirren. Die Tür zum großen Zimmer stand halb offen. Ihre kostbare Entdeckung hinter sich herziehend betrat sie den Raum. Viele Erwachsene standen in dem Zimmer herum. Sie kannte einige von ihnen. Sie redeten, tranken und lachten. Da sah sie endlich ihre Mutter und ihre Kinderfrau. Kein Mensch hatte das Kommen des Kindes bemerkt. Aber plötzlich, mit einem Schlag schauten alle auf das Kind.

Für einen Augenblick schienen alle wie eingefroren, die Zeit stand still. Etwas Unheimliches beherrschte den Raum. Einen Augenblick später ging das Leben weiter, die Welt kam wieder zu sich. Aber alle hatten weitaufgerissene Augen und Münder, richtige Gespenstergesichter. Die Augen der Mutter waren größer als der Himmel, und ihrem Mund entrang sich ein Schrei, der einem Vulkanausbruch, Malströmen oder einem Orkan gleichkam. Das war ein Schrei wie aus Urzeiten, er stieg aus der Tiefe von Jahrmillionen empor, älter als ein Dinosaurier. Das Haus vibrierte, Fenster und Türen warfen diesen Laut aus Agonie und Allgewalt als Echo zurück. Die Augen der Mutter wurden zu Schluchten, und das kleine Mädchen entdeckte, daß dieser Blick nicht auf sie gerichtet war, sondern der Puppe galt, die sie noch am Beinchen hielt.

Der Mann hielt in seiner Erzählung inne. Ich hörte sein Herz schlagen. Sogar in sehr vollen Lokalen weht zu später Stunde manchmal ein Hauch, der plötzlich vollkommene Stille erzeugt. An diesem Abend kannte ich den Anlaß: dieser Mann hatte die Anwesenheit seiner Mutter heraufbeschworen oder vielmehr ihren Blick. Vielleicht gab es da auch noch einen Zeitsprung. Mir fiel auf einmal eine Beobachtung ein, die ich zu einem früheren Zeitpunkt unserer Begegnung gemacht hatte: bevor der Mann auf die Toilette ging, zögerte er für den Bruchteil einer Sekunde vor der Tür, als ob er sich erst entscheiden müßte, durch welche Tür er gehen solle. Er ist dann durch die für Männer vorgeschriebene Tür verschwunden. Mit einer großen Geste zeigte ich auf ihn und sagte: »Das alles kennen Sie so genau, weil Sie ...« – »Genau«, sagte er. Nun kannte ich den Grund für die Reise meines neuen Freundes. Und ich fragte mich, wohin er jetzt aufbrechen wollte. Ich hoffe sehr, welche Wege auch immer er im Chaos des Lebens einschlagen wird, daß er weiß, wie sehr mich seine Geschichte berührt hat.

Befinden wir uns nicht an der Schwelle zu einer großen geistesgeschichtlichen Wende? Ein neuer Mystizismus? Eine ganz neue Religion? Diese Fragen stellt uns Henry Pilk seit geraumer Zeit, und was not tut, er gibt Antwort. So profan der nächste Titel klingen mag, so profund ist diese großartige Antwort:

DER DRECKWECHSLER

Der Dreckwechsler

Ein Mann fährt ein bärtiges Baby im Kinderwagen spazieren.

MANN *zum Baby* Eideideidei. Jajajaja.

Der Mann fischt eine Flasche Whiskey aus dem Kinderwagen. Er trinkt. Das Baby wirft seine Rassel aus dem Wagen; der Mann hebt sie auf und gibt sie ihm zurück. Das Baby wirft die Rassel wieder hinaus, der Mann hebt sie auf usw., bis der Mann die Rassel am Kopf des bärtigen Babies zerschlägt.

BABY Kaka. Bäääääääääh!

Resigniert wechselt der Mann dem Baby die Windeln. Er pudert es und steckt die Windeln vorschriftsmäßig fest; dann gibt er dem Baby das Fläschchen. Er betrachtet die Milchflasche, dann die vollen Windeln.

MANN Da geht es rein, und da kommt es raus. Warum? – Die Nährstoffe holt es sich da raus und scheißt aus, was es nicht braucht. Warum? Was für einen Sinn verfolgt dieser Fleischsack? – Da geht es rein, und da kommt es raus. Das ist der Sinn dieses Fleischsacks!!! Und dieses ganze Zeug, was er da zu sich nimmt, ist nicht etwa für den Fleischsack da, sondern existiert rein für seine eigenen Zwecke. Und Dreck – das ist die Antwort. Der Austausch von Dreck. Dreck raus, Dreck rein. Alles hat überhaupt mit dem Dreck angefangen. Vor einer Million, einer Trillion von Jahren gab es nur Staub und Dreck. Der Dreck fing an zu rumpeln und zu kochen, er begann zu quietschen, kurz, er geriet in Bewegung. Der Mensch ist nichts weiter als ein Dreck-Wechsel-Sack. Geschaffen aus Dreck zur Erfüllung

seiner dreckigen Zwecke. Und als sich der Staub zu großen Klumpen formen wollte, brachte er Dinosaurier und Brontosaurier hervor. Die fraßen die großen Dreckklumpen und schissen große Dreckklumpen. Aber jetzt, im 20. Jahrhundert, ist der Dreck senil geworden. Er hat das Flugzeug hervorgebracht. Er verlangt – das Universum verlangt –, daß ich in Dublin mein Frühstück einnehme und es in Montreal ausscheiße. Der Dreck will von mir, daß ich trinke. Er dürstet nach dieser subtilen Dreckmischung aus Schaschlik und Bier. Wir spielen alle unsere vorgeschriebenen Rollen in der Farce vom Dreck. Du und ich, Kleines, wir haben d i e Entdeckung gemacht. Jesus, Mohammed, Kierkegaard, Zarathustra, Freud, Reich, die Rabbiner, die Gewerkschaftsführer ... wie der ganze Dreck wabert und labert, wenn sie ihre Wichtigkeiten verkünden, diese Dreck wechselnden Fleischsäcke. – Der wahre Messias, der wird weder Mund noch Arschloch haben, das kannst du ihm ausrichten!
Komm, Kleines, laß uns unseren Schöpfer sehen, von Angesicht zu Angesicht! Komm, wir wollen Kopf voran dem universellen Wissen begegnen! *Er nimmt das Baby und hält seinen Kopf in die Kloschüssel, dann seinen eigenen.* Hallo, wir sehen dich, Vater unser! Wir haben dich erkannt! *Er schaut in himmlischer Verzückung nach oben.* Ekstase und Erkenntnis! Schaffe alles, schaffe es ganz!

Ein Mann im Kittel tritt auf, offenbar ein Anstaltswärter.

WÄRTER Komm Heinz, wir müssen gehen.
MANN Wir haben alles gesehen! Wir wissen alles! In diesem einfachen Abflußrohr haben wir es gefunden!
WÄRTER Jaja, sicher habt ihr das, sicher.

Danke. Vielen Dank. Wir wollten die Werke Henry Pilks spielen, um den Rest der Welt von seinem Genie zu überzeugen. Überzeugen ist unfruchtbar. Ich hoffe, daß es uns gelungen ist, ein wenig, wie von selbst, das Genie spricht für sich. Vergessen Sie die Fragen nicht, und suchen Sie weiter nach Antworten. Nur Henry Pilks Genie und seiner Einbildungskraft verdanken Sie es, daß sie jetzt den richtigen Weg einschlagen können. Und sollten Sie auf Ihren Wegen Mr. Pilk begegnen, grüßen Sie ihn. Mit einem ganz einmaligen Werk wollen wir uns von Ihnen verabschieden. Wir sagen Ihnen Adieu, das leicht ist wie ein Hauch. DER SCHMETTER-LING, lautet dieser leichte Titel, an dieser Stelle könnte er auch heißen »Die Fliege«, aber wir waren bisher für Werktreue und bleiben es bis zum bitteren Ende. Guten Abend.

Der Schmetterling

Ein Mann kommt auf die Bühne gelaufen. Er preßt die Arschbacken zusammen, hält sich mit einer Hand den Hintern. Er muß dringend. Hier, vor allen Leuten, findet er endlich den geeigneten Ort, um schnell und unbeobachtet sein Geschäft zu verrichten. Er zieht sich die Hose herunter und scheißt. Jetzt fühlt er sich offensichtlich erleichtert.
Da kommt ein Polizist. Der Polizist geht auf den Mann zu. Der Mann versucht seine Hose hochzuziehen und deckt mit seinem Hut den Scheißhaufen zu.

POLIZIST Was machen Sie denn da?

MANN Schmetterling. *Er deutet auf den Hut.*

POLIZIST Was????

MANN Schmetterling! Wertvolles Exemplar! Ausgerechnet hier mitten auf dem Piccadilly. Vorsicht, entfliegt leicht!
Der Mann hält noch immer mit der einen Hand seinen Hut über den Scheißhaufen und mit der anderen Hand seine Hose fest.

POLIZIST Hm.

MANN Sehr wertvoll. Leider zu Hause mein Netz. Muß es holen. Wertvoll. Ein Hunderter. Ja. Teilen wir doch! Halbe halbe?

POLIZIST Naja.

MANN Dann halten Sie doch mal schnell. Bin gleich zurück! Nur um die Ecke, gutes Geschäft!

POLIZIST Gut, aber schnell.

Der Polizist hält vorsichtig den Hut, der Mann wetzt davon. – Der Polizist muß ziemlich lange warten. Er liegt inzwischen auf dem Bauch und will gerade den Hut hochheben, da hört er:

CHEF Was machen Sie denn da?

Sein Vorgesetzter steht vor ihm.

POLIZIST *immer weiter den Hut mit dem wertvollen Fang haltend.* Zu Befehl! Schmetterling!
CHEF Was???
POLIZIST Schmetterling! Wertvolles Exemplar! Ausgerechnet hier auf dem Piccadilly. Vorsicht, entfliegt leicht.
CHEF Hm.
POLIZIST Mann nur sein Netz holen. Gutes Geschäft!
CHEF Geschäft? Was denn, was denn?
POLIZIST Halbe halbe. Hunderter.
CHEF Soso.
POLIZIST Wir könnten doch ...
CHEF Aber schnell!

Beide legen sich auf den Bauch und kreisen mit den Armen den Hut ein.

POLIZIST Jetzt! *Hebt den Hut.* Fangen!
CHEF *patscht mitten in den imaginären Haufen.*

Nachgelassene Werke von Henry Pilk

Vorbemerkung

Überraschenderweise sind im Nachlaß Henry Pilks, aus privaten Sammelbeständen, noch einige Werke Pilks aufgetaucht. Herkunftsorte sind London, Beaulieu in Hampshire, Quebec und Frankfurt am Main. Die Sammler, die nicht genannt werden wollen, berufen sich übereinstimmend auf einen Mittelsmann, der ihnen anonym die auf Speisekarten geschriebenen Szenen – mit einer Widmung von Henry Pilk persönlich – zugeschickt habe. Die Speisekarten tragen den Namen eines Dubliner Restaurants, »The Wheel«, in dem Pilk nach Auskunft der Wirtin ein Jahr lang jeden ersten Freitag im Monat zum Essen erschien. Über Pilks Eßgewohnheiten weigerte sie sich Auskunft zu geben; an das Jahr konnte sie sich auch nicht erinnern. Diese Karten allerdings habe Pilk ihr als Bezahlung zurückgegeben und darum gebeten, sie aufzubewahren. Wie diese Karten an den Anonymus gelangt sind, ist nicht zu rekonstruieren, da das starke irische Stout im Erinnerungsvermögen der Wirtin Spuren hinterlassen hat. Deshalb sind wir, was die Datierung und Einordnung der Szenen angeht, auf Vermutungen angewiesen.

B. L.

SIE IST WIEDER DA und DER OHRWURM können aber mit ziemlicher Sicherheit der frühen Periode Pilks zugerechnet werden. Sind sie doch fast Skizzen, Entwürfe für seine späteren Dramen. Sucht Henry Pilk in SIE IST WIEDER DA noch nach der Richtung, für die er sich entscheiden muß, ob bildende Kunst, ob Literatur, hat er sich mit DER OHRWURM deutlich entschieden, sein in Toronto begonnenes Medizinstudium abzubrechen, um sich ganz der Literatur zu widmen.

Sie ist wieder da

Ein Mann.

MANN
Ich muß ein paar Pfunde abnehmen.
Abstoßend.
Lächerlich.
Er zieht sein Hemd hoch und schaut auf seinen Bauch. Er bewegt ihn.
Wo ist mein Übungsbuch?
Da ist es ja.
Er studiert das Buch, macht Übungen.
Mist.
Du willst mich nicht verlassen, oder?
Wer bist du?
Warum bist du gerade hier?
Sag doch etwas … liegst da so rum … sagst nichts … gesichtslos!
Er schaut in einen Spiegel.
Ich will wissen, wer du bist!
Ich will dir ein Gesicht geben!
Er malt ein Gesicht auf seinen Bauch, benutzt die Brustwarzen als Augen und den Bauchnabel als Mund.
Da!
O Nein!
Du bist es!
Kannst du mich nie in Ruhe lassen?
Jagst du mich bis in alle Ewigkeit?
Ich sehe dich im Schatten der Straßen;
ich finde dein Gesicht im Dunkeln;
in den sanften Sommerwolken, sehe ich dein Gesicht;
in Stein gehauen in den Felsen von Caroin Tohil ist dein Antlitz.

Ich sehne mich nach Ruhe
und schon bist du wieder da.
Was willst du?
Liebst du mich denn?
Rede!
Sie hat keine Stimme. *Er furzt.* Pardon.
Ich liebe dich immer mehr.
Meine Süße, meine Liebe,
Mein Morgenstern,
dir will ich bis zum Tode dienen.
BAUCHGESICHT Leb wohl.
MANN
Nein! Geh nicht! Bleib bei mir, meine Liebe!
Pause.
Nur Farbe.
Und ein hoffnungsloser Fall von Bierbauch.

Der Patient und der Ohrwurm
Moderner Mythos

Untersuchungszimmer.

ARZT Der Nächste bitte. *Phelps kommt herein.* Guten Morgen, Mr. Phelps.

PHELPS *verzerrt sein Gesicht in seltsamer Weise* Guten Morgen, Doktor, iiiiiiiooooooooo, adada issssss einiiiii

ARZT Wo fehlts denn?

PHELPS Wir alle sind zu diesem scheißescheiße, dada iiii zum Picknick.

ARZT Ja. Da waren wir also beim Picknick, ja.

PHELPS *sehr schnell* Und ich lag so auf dem Rücken und scheiße, auauauauaaaa, mist iiiii, dada. *Er schlägt den Kopf gegen den Tisch.*

ARZT Ja.

PHELPS Und oooo iiiii ein oooo

ARZT Ein was?

PHELPS Mir ist ein Ohrwurm ins Ohr gekrochen. *Er wirft sich auf den Boden und schreit und schüttelt sich.*

ARZT Na, dann wollen wir mal sehen, wie wir den da herausholen können. *Er ringt mit Phelps, packt ihn am Nacken und legt Phelps' Kopf auf den Tisch; er holt seine Pinzette.* Das haben wir gleich. *Phelps schreit. Der Arzt zieht den Ohrwurm heraus.* So. Das hätten wir.

PHELPS Vielen Dank, Doktor.

ARZT Hier ist er, sehen Sie.

PHELPS Nochmals vielen Dank, Doktor.

Der Arzt schaut den Ohrwurm genauer an, nimmt dazu ein Vergrößerungsglas.

PHELPS Was ist denn?
ARZT Am besten, Sie kommen in einer Woche wieder.
PHELPS Warum?
ARZT Ich fürchte, er hat gerade seine Eier gelegt.

DIE MÄNNERMORDENDE NYMPHOMANIN nimmt eine Sonderstellung im Werk Henry Pilks ein: das heftige Drama schlägt eine Brücke zu den berühmten »Doktorspielen« wie DAS HUHN oder DER MANN, DER NICHTS MEHR UNTERSCHEIDEN KANN und hat dennoch einen merkwürdig feministischen Zug, der sich aber in Pilks Produktion nicht fortsetzt.

Der Fall einer männermordenden Nymphomanin

Untersuchungszimmer.

PHILLIMON Was kann ich für Sie tun, Dr. Bowmer?

BOWMER Dr. Jackson ist mit seinem Buch fertig. Ich dachte, Sie wollten es als erster wissen. Er hat sich entschieden, es »Orgasmus-Reflex beim Federvieh« zu nennen. Ich denke, es interessiert Sie zu erfahren, daß jeder, der es bisher gelesen hat, davon begeistert ist. Kommen Sie mit essen?

PHILLIMON Da wartet noch jemand.

BOWMER Machen Sie schnell. Ich warte.

PHILLIMON Schicken sie die letzte rein, Miss Fitz. Die Nächste bitte. Guten Morgen, Miss ...

LINDA Ich werde Ihnen meinen richtigen Namen solange nicht nennen, Doktor, bis ich sicher bin, daß nichts von dem, was ich Ihnen sage, weitergetragen wird.

PHILLIMON Aus diesen vier Wänden dringt nichts nach außen. Das verspreche ich Ihnen.

LINDA Der Stempel, den ich trage – mit dem ich seit meiner Geburt herumlaufe – ist Linda Flame.

PHILLIMON Und wo liegt das Problem, Linda?

LINDA Das Problem ist – sexuell.

PHILLIMON Orgasmusschwierigkeiten?

LINDA Ja, so kann man es nennen.

PHILLIMON Schon mal einen gehabt?

LINDA Komm ja nie dazu.

PHILLIMON Sehen Sie, jetzt ist Mittagspause, Miss Flame. Orgasmusprobleme lassen sich selten in wenigen Minuten klären. Wenn Sie einverstanden sind, mache ich schnell eine körperliche Untersuchung und nach dem Essen tauche ich vielleicht ein in ihre Vergangenheit. Wenn Sie nichts einzuwenden haben ...

LINDA Einverstanden. *Sie legt sich auf den Untersuchungs-tisch.* Aber ich rate Ihnen: halten Sie Ihre Untersuchung strikt medizinisch, Doktor – ich warne Sie zu Ihrem Besten.

PHILLIMON Miss Flame, Sie können meinen hippokrati-schen Eid in Glanz und Gloria hier an der Wand hängen sehen.

LINDA Also gut, fangen Sie an.

Phillimon nimmt Gummihandschuhe, die er aber nicht an-zieht. Er untersucht Linda. Er drückt auf ihren Bauch, versichert sich, daß ihre Beine beweglich sind, indem er mit ihnen Radfahrübungen macht.

PHILLIMON Atmen Sie aus. So: Aahhhhhhhhh.

LINDA Ahhhhhhhh.

PHILLIMON Ahhhhhhhhhh.

LINDA Ahhhhhhhhh.

Etc.

PHILLIMON Bleiben Sie entspannt, Miss Flame. *Er drückt ihre Beine gegen den Bauch.* Ahhhhhhh.

LINDA Ahhhhhhhh.

Phillimon untersucht nicht ohne Lust ihre schönen Brüste und ist dabei, seine Hand in ihre Unterhose zu schieben, als sie ihn auch schon gepackt hat und ihn in Jiu-Jitsu-Art auf den Boden schleudert.

LINDA Sehen Sie, da genau liegt mein Problem, Doktor. Ich kann einen Mann gerade so weit gehen lassen, und dann weiß ich auch nicht, was passiert – ich gerate einfach in Panik und dann: Zack! Ich glaube, ich habe ungefähr ein Dutzend Typen bereits umgebracht – eine Menge von ihnen verdroschen – aber ich habe keine Lust rumzuhängen und den Schaden zu bejammern. Finden Sie es um Gottes willen heraus, Doktor – was ist falsch an mir? Mit meiner Lust ist alles richtig, das weiß ich – ich will es ganz sicher – und wie! Es ist bloß, wenn es so weit kommt, dann fährt der Zug einfach ab.

PHILLIMON Verstehe. Ich würde Sie gern einmal Dr. Bowmer vorführen. Dr. Bowmer.

BOWMER Was gibts?

PHILLIMON Vielleicht können Sie mir einen Gefallen tun. Miss Flame hat chronische Orgasmusschwierigkeiten.

BOWMER Haben Sie sie untersucht?

PHILLIMON Ja. Aber Sie könnten vielleicht ...

BOWMER Aus dem Weg, Phillimon. *Er drückt auf ihren Bauch, fährt Rad mit ihren Beinen.* Atmen Sie so: Ahhhhhh.

LINDA Ahhhhhhhhhh.

BOWMER Ahhhhhhhhhh.

LINDA Ahhhhhhhhhh.

BOWMER Bleiben Sie entspannt. So. Das ist fein.

Bowmer untersucht die Brüste, drückt die Beine etc. Als er dabei ist, seine Hand in ihr Unterhöschen zu stecken, merkt er, daß er bereits durch die Luft wirbelt.

PHILLIMON Ha! Haha! Rrrr! Huuuuu!

BOWMER Erklären Sie mir diesen Zirkus, Phillimon!

PHILLIMON Haha! Sie ist eine männermordende Nymphomanin!

BOWMER Hoppla! Haha!

LINDA Können Sie mir helfen?

BOWMER *teuflisch* Ich denke, Jackson sollte sie sich mal anschauen. Dr. Jackson!

DR. JACKSON Was gibts? Ich habe zu tun.

BOWMER Miss Flame hat Orgasmusprobleme.

JACKSON Oh, eine von vielen. Legen Sie sich zurück, Miss Flame. Ahhhhhhhh. Atmen Sie ... Ahhhhhhh. Stellen Sie sich vor, Sie befinden sich im Inneren eines Eis. Sie sind ein klitzekleines Küken, das gerade auf die Welt kommt. Können Sie sich das vorstellen? Gut – und jetzt pickt es sich seinen Weg ins Freie. Picken Sie sich den Weg ins Freie. Pick dir den Weg frei.

Dr. Jackson steckt seine Hand in ihr Höschen. Sie bringt ihn um.

LINDA Scheiße, ich habe ihn umgebracht. Entschuldigt, Jungs. Haut um Himmels willen ab!

BOWMER UND PHILLIMON Machen Sie sich keine Sorgen. Sie sind verrückt. Damit geht das schon klar – das ist eins der Berufsrisiken. Armer alter Jackson. Ha! Ha! *Sie finden das Manuskript.* Da ist es – Orgasmusreflex beim Federvieh. Pickprobleme. Hahn sitzt auf der Henne. Meine Tricks mit Hühnern. Picktricks. *Sie tanzen.*

DIE VERSCHWINDENDE GROSSMUTTER ist die einzige Spur, die Pilk von seiner »Italienischen Reise« hinterlassen hat. Fasziniert von der Fremdartigkeit dieses literarisch abgegrasten Landes fügt er bescheiden dieses Dokument, das Land und Leute treffend charakterisiert, den Reisejournalen bei.

Die verschwindende Großmutter

Ein italienischer Polizist sitzt am Schreibtisch, singt Arien. Herein der Ehemann und seine Frau. Ein deutsches Paar, das kein Italienisch spricht. Der Polizist begrüßt sie überschwenglich.

EHEMANN Sprechen Sie deutsch?

Der Polizist guckt verständnislos.

FRAU Wir deutsch. Deutschland.

POLIZIST Ah, Germania, tedesco. Sauerkraut, Kartoffel, Kohl.

FRAU Sie sprechen also deutsch. Sprechen deutsch.

POLIZIST Ah! Sprechen deutsch! *Pause.* No!

EHEMANN Meine Frau und ich sind in Ferien, Holidays. Camping. Mit Zelt. *Er zeigt pantomimisch das Dach des Zeltes.* Stange. *Er nimmt die Zeltstange, was aber auch für etwas anderes gehalten werden kann.* Schlafsack. *Er nimmt seine Frau, legt sich mit ihr hin, als ob sie in einen Schlafsack kriechen. Das Gesicht des Polizisten hellt sich auf.*

POLIZIST Ah! Campingo! *Er springt zu dem Paar und umarmt sie. Kehrt zum Schreibtisch zurück.*

FRAU Ich glaube, jetzt hat ers verstanden.

EHEMANN Also wir beide und zwei Kinder. *Er macht das V-Zeichen.*

FRAU Nein. Nein Bambinos.

POLIZIST Ah! Bambini!!! *Er holt die Fotos seiner Kinder aus seiner Tasche. Er quasselt etwas von 18 Kindern.*

EHEMANN Später, später. Dann war da noch die Großmutter.

FRAU Seine Mutter.

EHEMANN Meine Mutter.

FRAU Son mere.

EHEMANN Mon mere. *Er hebt sein Hemd um Brüste anzu-
deuten.*

POLIZIST Ah! Mamma! Mamma! *Er küßt den Ehemann.*

EHEMANN Puh! der stinkt aus dem Hals!

*Der Polizist deutet den Brustumfang seiner Mutter an und
sucht nach dem Foto.*

EHEMANN Ja, ja, die sind bestimmt riesig. Später. Also,
Mamma, sie ist tot.

POLIZIST Mamma, bella, bella!

EHEMANN Mama, Mama Kkkkkkhhhhhhhh! *Er deutet etwas an, das wie Kehle abschneiden aussieht.*

FRAU Liebling, jetzt glaubt er, du hättest sie umgebracht!

Der Polizist greift zum Telefon.

EHEMANN *reißt ihm den Hörer aus der Hand und brüllt
hinein* Nein, nein! Ich habe sie nicht umgebracht! Niemanden habe ich umgebracht! *Er legt den Hörer zurück.*
Mama, bum bum bum aahhhhchch. *Er deutet den Herz-
schlag an.*

*Der Polizist weint und umarmt beide. Geht zum Tisch
zurück, er schluchzt.*

EHEMANN Wir sind mit dem Auto gefahren. Auto? *Er hält
mit einer Hand das Steuerrad und zeigt mit der anderen
hinter sich die Straße.*

POLIZIST Ah! Diarrhoea!

EHEMANN Nein, nicht Durchfall! Auto!

FRAU Fiat, Ferrari!

POLIZIST Automobilo, ah! Si!

EHEMANN Wir sitzen also vorn. Die zwei Kinder hinten ...
mit der toten Großmutter. Den Kindern gefiel das nicht.

*Die Frau spielt die beiden Kinder. Der Polizist quasselt
Mitgefühliges.*

EHEMANN Ich halte an. Hole die Großmutter aus dem Auto.
Die Frau versucht alles vorzuspielen. Nehme das Zelt –
Campingo – vom Wagendach – ich wickle die Großmutter
in das Zelt – stemme sie wieder auf den Gepäckträger rauf –
lasse die Kinder raus, damit sie sich Limonade oder so was
kaufen und bin hierhergekommen – und sie ist jetzt
draußen, auf dem Parkplatz, auf dem Auto.

*Der Polizist brabbelt so etwas wie, sie sollen doch die Groß-
mutter hereinholen.*

FRAU Liebling, hol sie rein! Mach schon!

EHEMANN Also gut, gut, Liebling, ich hole sie. Du bleibst
hier und paßt auf den da auf. *Er geht ab.*

POLIZIST *nähert sich der Frau und umarmt sie* Ah, Gina
Lollobrigida, Sophia Loren. *Er sieht den Ehemann kom-
men und springt an seinen Schreibtisch zurück.* Spaghetti –
Lasagne – Tortellini – Lamborghini! E Ferrari.

EHEMANN Kannst du einen Augenblick mit hinauskommen?

FRAU Bitte Liebling, schlag ihn nicht!

EHEMANN Ich schlage den doch nicht. Unser Auto ist
gestohlen worden!

Zwei Szenen aus der Zeit tiefsten Selbstzweifels, fundamentaler Identitätskrisen sind DÉJÀ VU und ZU HAUSE. Erkennbar ist, wie radikal Pilk auf seine leitmotivische Fragestellung zusteuert: »Was ist Wirklichkeit in diesem Spiegelkabinett?« Wahrscheinlich ist mit diesen Szenen die Quelle für das Leitmotiv entdeckt worden, das sein gesamtes weiteres Schaffen begleiten sollte.

Wie ich es in meinem Traum vorhergesehen habe oder Déjà vu

HENRY Es wird von Minute zu Minute bizarrer und seltsamer, Creamwell. Dann habe ich in meinem Traum die Hose runtergezogen – ganz normal – den genauen Grund weiß ich nicht mehr, egal. Es war wahrscheinlich ein überraschender Einfall – ich ziehe sie jedenfalls aus, du stößt einen kurzen spitzen Schrei aus – ich schaue an mir herunter und sehe – STRAPSE! Creamwell, du mußt mir glauben. Ich habe am Morgen meine Schießer angezogen – daran gibt es überhaupt keinen Zweifel – Phipps kann es bezeugen. Aber heute passieren lauter so merkwürdige Sachen: erst dieser widerliche Veitstanz, den Mary im Gewächshaus aufführte und zugedeckt wurde von diesen im Sturzflug heranrauschenden Kuckucks; und dann Malcolm, der uns dieses Paket mit verschimmelten Schweinswürsten geschickt hat – alles so seltsam, fast surreal, und alles schon vorher geträumt! Ich würde mich nicht wundern, wenn … *Er zieht seine Hosen herunter und sieht, daß er Strapse trägt.* was kommt noch, Creamwell, was noch? O nein!

CREAMWELL Was?

HENRY Jetzt fällt mir ein, daß ich im Traum einen Berliner in meinen Schlüpfer gesteckt habe. *Er nimmt einen Berliner.* Ich kann nichts dagegen machen, Creamwell, nichts – irgendeine fremde Macht hat mich in der Gewalt – *Er steckt den Berliner in den Schlüpfer.* Das war es – und jetzt sagst du –

CREAMWELL Paß auf, Henry, ich muß jetzt gehen.

HENRY Genau! Aber ich laß dich nicht gehen und halte dir meinen Strapsarsch vors Gesicht.

CREAMWELL Du bist verrückt!

HENRY Sagst du! Aber bin ich es wirklich? Bin ich verrückt, Creamwell, oder in einem surrealen Netz gefangen? Oder in eine okkulte Falle geraten und ich bin gezwungen, meine Träume auszuleben, egal wie obskur sie auch sein mögen. Gib es zu, Creamwell, ich kann ja wohl kaum für diesen obszönen Gewächshaustanz von Mary verantwortlich gemacht werden, für die Kuckuckbomber – für Malcolms verrottete Schweinswürste.

Phipps, der Butler tritt auf. Henry hält Creamwell seinen Strapsarsch vors Gesicht.

PHIPPS Von einer stillen Verehrerin. *Er überreicht ein Paket.*

CREAMWELL Was ist es?

HENRY Eine Titte.

CREAMWELL O Gott.

HENRY Und, weißt du, was ich damit mache? Kein Mensch kann mich davon abhalten, und rein in den Schlüpfer damit.

CREAMWELL Einen Moment mal! Das ist keine Titte. Hab ichs mir doch gedacht – irgend so ein mieses Puddinggebräu – eine kandierte Rosine als Nippel.

HENRY Was hat das zu bedeuten?

CREAMWELL Ich sage dir, was das zu bedeuten hat, Henry. Das bedeutet: das Spiel ist aus – *Er findet eine Perücke und Büstenhalter in Phipps Tasche.* Hab ich mirs doch gleich gedacht – es war Phipps verkleidet als Mary im Gewächshaus. Keine Frau könnte sich einen derartigen Tanz ausdenken. Die Schweinswürste hast du dir selber geschickt – und diese Bauanleitung legt den Verdacht nahe, daß die Kuckucks ferngesteuerte Modelle waren – diese Titte – ein Exempel für Phipps' abnorme kulinarische Gelüste. Erst die Nummer mit der Mayonnaise vorige Nacht und jetzt das!

HENRY Also, Creamwell, der kleine Sherlock Holmes. Glücklicherweise habe ich noch einen Trumpf im Ärmel – im literarischen wie im wörtlichen Sinn – einen afrikanischen Elefantenpimmel. *Er zieht eine Salami aus dem Ärmel.* In genau fünf Sekunden geht dieses Ding hoch! *Er beißt ein Wurstende ab.* Was ist denn los? Creamwell!! Phipps! Hilfe!!! Nichts kann mich daran hindern, dieses letale Ding in den Schlüpfer zu stecken! Nichts kann mich aufhalten – Hilfe! Hilfe! Hilft mir denn keiner? *Er stopft die Wurst in die Hose.* Wuuuummmm! *Er stirbt.*

CREAMWELL Tot! Das war keine Zündschnur, sondern eine stinknormale Salami. Siehst du, Phipps, er hat den Boden der Wirklichkeit verlassen – armer Kerl – sein krankes Hirn hat mit ihm Schluß gemacht. Wir sollten lieber einen Krankenwagen holen. Hol den Berliner aus dem Schlüpfer, Phipps. So ein Ende wollen wir ihm lieber ersparen.

Zu Hause

JOHN Zum Glück ist meine Erkältung jetzt besser.

KEN Jaja.

JOHN Nett, es sich zu Hause gemütlich zu machen, stimmts?

KEN Jaja.

JOHN Sich gemütlich in den Sessel flezen. – Was hast du denn?

KEN Weiß nicht.

JOHN Du siehst plötzlich so erschreckt aus.

KEN Es ist – irgend etwas ist hier komisch.

JOHN Hier? Meinst du unser Zuhause?

KEN Jaja – aber irgendwie fühle ich mich nicht zu Hause.

JOHN Tatsächlich.

KEN Ja.

JOHN Naja, wenn du es so sagst, fühle ich mich auch nicht mehr so richtig wie zu Hause.

KEN Es mag lächerlich klingen, aber ich werde das Gefühl nicht los, daß das hier nicht unser Zuhause ist.

JOHN Aber wir sind zu Hause.

KEN Wie kannst du denn so sicher sein?

JOHN Es sieht genau aus wie unser Zuhause.

KEN Zugegeben, es sieht genauso aus.

JOHN Dann ist es es also.

KEN Meinst du wirklich?

JOHN Es muß so sein.

KEN Ich habe den Verdacht, daß es sich um eine beschissene Kopie handelt. Irgendein Unbekannter hat aus unerfindlichen Gründen unser Zuhause minutiös kopiert.

JOHN Und warum?

KEN Das versuche ich gerade herauszufinden.

JOHN Meinst du, wir sind in eine Falle gegangen? Das hier wäre so etwas wie ein Käfig?

KEN Wir wären Deppen, wenn wir diese Möglichkeit außer acht ließen.

JOHN Und warum sollte jemand so etwas machen? Schau, es ist doch alles wie immer. Sogar meine alten Stinksocken haben sie neben die Tür gelegt, genau an die Stelle, wo ich sie letzten Sonntag hingeschmissen habe. Bloß stinken sie ein bißchen mehr, als ich es in Erinnerung habe. Aber Sockengestank nimmt schließlich im Laufe einer Woche zu. – Sie haben eine Woche dagelegen, eigentlich müßte sich der Gestank verflüchtigt haben in der Zeit.

KEN Das ist wahrscheinlicher.

JOHN Sicher.

KEN Gar nicht sicher. Wir haben den winzigen Fehler in dem perfekten Plan dieses Teufels entdeckt: Socken stinken mit der Zeit weniger und nicht mehr. Die Luft zirkuliert um sie herum. Unter der Tür zieht es, das würde den Gestank verringern und nicht verstärken.

JOHN Kann sein – aber wozu sich aufregen?

KEN Wir haben also keine Angst?

JOHN Was kann er uns schon tun?

KEN Das können wir uns bloß ausmalen.

JOHN Ich habe Angst.

KEN Wir müssen einen kühlen Kopf bewahren, kalt und überlegt handeln. Selbst wenn wir in Panik geraten, darf er es nie erfahren.

JOHN Ich seh mal nach, ob die Tür aufgeht. *Die Tür geht auf.* Sie geht auf. Wir sind nicht eingesperrt. *Die Tür geht zu.*

KEN Das könnte auch bloß ein Trick sein, um uns vor Panik zu bewahren. Er läßt uns die Illusion, daß wir abhauen könnten.

JOHN Wir sind hier zu Hause. Deine ganze Theorie beruht doch nur auf dieser verschrobenen Erkenntnis, daß sich Sockengestank nicht verstärkt.

KEN Vielleicht hast du ja recht ... John?

JOHN Jaja.

KEN Ich fühle mich immer noch nicht so richtig zu Hause.

JOHN Aber ich.

KEN Ganz sicher?

JOHN Todsicher.

KEN Du kannst wahrhaftig und überzeugt behaupten, daß du dich ganz und gar zu Hause fühlst.

JOHN Ja.

KEN Vollkommen.

JOHN Naja, vollkommen ...

KEN Das ist es.

JOHN Ich fühle mich nie so ganz zu Hause, auch nicht zu Hause. Wenn ich mich zu Hause so vollkommen zu Hause fühlte, dann würde das bedeuten, daß ich nicht zu Hause wäre. Und wenn du wissen willst, warum ich mich nie so ganz zu Hause fühle: – deinetwegen. Weil man sich hier keine Minute sicher sein kann, wann du wieder auf irgendeine idiotische Idee kommst, so wie die, daß irgendein teuflischer Kerl eine Kopie von unserem Zuhause angefertigt habe.

Ken lacht.

JOHN Was ist denn da so komisch?

KEN Weil ich dieser Geist bin, John! Und ich weiß genau, daß das nicht unser Zuhause ist, weil ich es selbst kopiert habe! Bildest du dir denn ein, es könnte irgendein anderer unsere bescheidene Unterkunft nachbauen? Dem dämlichsten aller Zeugen leuchtete ein, daß bloß einer, der in dem Haus gelebt hat, es nachbauen kann.

JOHN Sieh mich an, Ken. Jetzt kann ich dir endlich sagen, daß ich gar nicht John bin.

KEN Was?

JOHN Ich bin eine Kopie von John – eine lebensechte – eine Roboterkopie, identisch bis ins Detail mit dem Original. John hat vor ein paar Wochen dein kleines Projekt entdeckt und während du an deiner kleinen Kopie gearbeitet hast, hat John an Johns Kopie gearbeitet.

KEN Das habe ich die ganze Zeit gewußt.

JOHN Was?

KEN Ich habe genau gewußt, was John vorhat. Deshalb ließ ich ihn ruhig meinen Plan entdecken – mir war klar, daß er eine Kopie von sich selber anfertigen würde, und es ist präzise die Kopie, die ich wollte.

JOHN Wofür?

KEN Um sie aufzuessen.

JOHN Du willst mich essen?

KEN Ja – du bist doch bloß eine Kopie.

JOHN Hör auf. Einen Augenblick.

KEN Jaja.

JOHN Er hat den originalen John in das kopierte Haus geschickt.

KEN Du bist wirklich John?

JOHN Ja. Ich Idiot habe die Kopie in deinem richtigen Zuhause gelassen.

KEN Das hier ist dein richtiges Zuhause. Während du dachtest, daß ich an der Kopie arbeite, war ich in der Kneipe. Du hast deine Kopie für die Katz gemacht.

JOHN Ich habe gar keine Kopie gemacht. Während du dachtest, daß ich an einer Kopie arbeiten würde, während du in der Kneipe sitzt, war ich mit Linda im Kino.

KEN Das wußte ich schon längst.

JOHN Ich auch, sogar das mit Linda.

KEN Bleibt noch das Geheimnis mit den Socken.

JOHN Ich war doch erkältet, stimmts? Mit Schnupfen stinken Sachen einfach weniger.

KEN Was für ein langweiliges Leben.

Henry Pilk über Henry Pilk
Ein Briefwechsel

GUY F. CLAUDE HAMEL
Freischaffender Autor und Stückeschreiber

Lieber Stückeschreiber:
Der Autor dieses Briefes hat den Auftrag erhalten, ein Buch mit dem Titel »KANADISCHE DRAMATIKER« herauszugeben.
Wir benötigen dafür Ihre Autobiographie und, wenn möglich, zwei Photos von Ihnen im Format 8 × 10, hochglänzend, schwarz-weiß.
Wir wenden uns an pädagogische und öffentliche Märkte, sowie an die Theater und Leute, die sich mit Theater beschäftigen. Trotzdem wir hauptsächlich am kanadischen Markt interessiert sind, besteht kein Zweifel, daß das Buch auch für andere Länder interessant sein dürfte.
Universitäten und Verlage können und werden unser Projekt unterstützen. Wir hoffen das Buch noch in diesem Jahr 1973 herauszubringen.

Mit freundlichen Grüßen

Guy F. Claude Hamel

P. S. Wir hätten gern eine Liste Ihrer Stücke, die Entstehungs- und Aufführungsdaten, sowie alle möglichen sachdienlichen Einzelheiten. Bitte geben Sie den Brief an andere Stückeschreiber weiter oder geben Sie ihnen meine Adresse.

P. O. Box 224, Station J.
Toronto M4J 4Y1, Ontario
Canada

KEN CAMPBELL'S ROADSHOW
Studio,
96 Haverstock Hill,
London NW 3

England
26. März 1973

Lieber Guy F. Claude Hamel,
Vielen Dank für Ihren bombastischen Brief mit dem ekelerre-
genden Photo. Um ehrlich zu sein, ist es mir scheißegal, ob
ich in Ihrem Buch erscheine oder nicht. Tatsächlich bekämen
Sie von mir überhaupt keine Antwort, wenn es nach mir
ginge. Aber Ken Campbell besteht darauf, daß ich endlich
antworte und seit mich dieser Vollidiot mit einer halben
Flasche Johnnie Walker beliefert hat und bereit ist, jeden
Scheiß zu schreiben, den ich von mir gebe ...
Ich wurde 1945 in Cabbagetown geboren. 8 Brüder, 8
Schwestern. Vater ist an Trunksucht gestorben, als ich 5 war.
Das war für uns alle eine große Erleichterung – er war ein
grauenhaftes altes Arschloch. Ich wurde per Schiff nach
Dublin gebracht, um bei meiner bösartigen Tante Hannah zu
leben. Engländer sind Arschlöcher, Kanadier sind doppelt so
große Arschlöcher. Was ist das für ein Scheißbuch? Ich habe
sowieso nichts geschrieben, Ken Campbell hat alles geschrieben. STIMMT NICHT! Ich habe es geschrieben, ich meine bloß
geschrieben, er hat es verpackt. Und jetzt bin ich museums-
reif! Für Sie in Ihrem beschissenen Papstkittel mag das ja gut
sein – ich bin ein Ausstellungsstück! Ich werde herumgezerrt
als Teil des Roadshow Freak Museums! Sie können gut so
beschissen herumsitzen und an dem Buch »KANADISCHE
DRAMATIKER« schreiben – so eine Scheiße – aber wenn der
Sherry wieder hochkommt und diese ganze verdreckte Scheiße, denken Sie einmal über Ausstellungsstücke nach. Behal-
ten Sie im Sinn, daß Sie selbst vollkommen bedeutungslos

sind, sondern vielleicht nur eine von Campbells »Erfindungen«. Lassen Sie mich einmal etwas über Campbell sagen. Er ist das bösartigste Arschloch, das die Welt je gesehen hat. NEIN IST ER NICHT! Ich liebe ihn. NEIN, NICHT! Campbell hat das ganze Zeug geschrieben, das ich geschrieben haben soll, und so getan, als ob ich es geschrieben hätte, und hat mich zu irgendso einer Brendan Behan-Abart gestempelt. ABER DAS IST NICHT WAHR! UND DAS IST AUCH NICHT WAHR!

Weil alle Gedanken von mir stammen. Ich habe mir das alles ausgedacht, habe aber etwas Besseres zu tun, als mit meinem rechten Arm mit Stiften herumzufuchteln. Er hat es also aufgeschrieben. Hat es in sein Notizbuch geschrieben. ABER SÄMTLICHE GEDANKEN STAMMEN VON MIR! ALLE IDEEN! Und alle Dialoge auch. Fast alle Dialoge. Außer vielleicht ein, zwei Zeilen. Außer ein, zwei dürftigen Zeilen. Tatsächlich könnte man sagen, daß ich das alles geschrieben habe. Stoßen sie sich nicht an dem »könnte man sagen«, ich habe es geschrieben. ICH HABE DIESES GANZE ZEUG GESCHRIEBEN, WAS EINZUWENDEN? WORAUF WOLLEN SIE HINAUS? Gut, ich bin eine Genie, und Sie sind ein kanadisches Arschloch. Aber ich fange an, Sie zu mögen. Warum laden Sie mich denn nicht ein, nach Toronto, dann könnte ich von diesem Campbell wegkommen, weil zwischen Ihnen und mir stört er nur. Ich habe geglaubt, es könne ein gewisser Kitzel darin liegen, ein Ausstellungsstück zu sein, aber es ist genau dieselbe Scheiße wie jede andere Scheiße. Ich verstehe, Sie wenden sich an die pädagogischen und öffentlichen Märkte. Ich habe früher Jojos auf dem öffentlichen Markt in Dublin verkauft. Schuldig aber unzurechnungsfähig. Nächster Fall. Hören Sie körperlose Stimmen, Mr. Pilk? Ja, manchmal. Wann hören Sie hauptsächlich diese körperlosen Stimmen? Ich höre sie hauptsächlich, wenn ich telephoniere. Wenn Sie mich zu der Party der Kanadischen Dramatiker einladen, verspreche ich

Ihnen, in den Sherry zu scheißen. Sie haben wahrscheinlich davon gehört, wie ich beim Betriebsausflug der Hoover Ltd. in die Suppe geschissen habe. Ich kann ohne das nicht mehr leben. Ich brauche einen neuen Skandal. Holen Sie mich zu dieser Party rüber, und ich spiele für Sie verrückt. Was soll denn dieser Scheiß, ein Stück über Papst Claudius zu schreiben? Meinen Sie das ernst? Oder ist das nur so eine Idee? Hören Sie, mit unserer Super-Pseudo-Schizo-Elektrizität können wir ganz Toronto in ein einziges Irrenhaus verwandeln. Aber halten Sie Campbell da raus. Oder er legt uns rein. CAMPBELL MUSS GEJAGT UND ERSCHOSSEN WERDEN. Täglich. Hören Sie. Kein Freak ist sicher, ehe wir Campbell nicht los sind. Er ist ein Verrückter. Sieh da. Er ist der Verrückte. Es gibt in der Apachensprache kein Wort für verrückt. Sie glauben, daß die Götter von Zeit zu Zeit einen Verstand brauchen. Jetzt haben sie gerade Campbells Verstand. RETTE SICH WER KANN! Also, Scheiße. Sprechen wir von mir. Wir schlagen eine andere Seite auf. Die Dinge heitern sich auf. Ich werde jetzt über meine Arbeit sprechen, denke ich. NUR WEIL MEINE STÜCKE NICHT LÄNGER ALS DREI ODER VIER MINUTEN SIND, SIND SIE NOCH LANGE KEINE SKETCHE. SIE SIND KEINE NUMMERN. ES SIND STÜCKE. VERSTANDEN. SHORT PLAYS. JEDER, DER ES WAGT, SIE ALS SKETCHE ZU BEZEICHNEN, WIRD ERSCHOSSEN. ES SIND STÜCKE. DRAMEN. DIESE SCHEISSDINGER SIND STÜCKE. SAGEN SIE MAL ZU SAMUEL BECKETT, WENN SIE EINS SEINER HALBE MINUTEN MEISTERWERKE GESEHEN HABEN »SEHR TREFFENDER KLEINER SKETCH, SAM.« WISSEN SIE, WAS ER SAGEN WÜRDE »VERPISS DICH, IDIOT.« DAS HÄTTEN WIR JETZT ALSO GEKLÄRT. WENN ES DARAUF ANKOMMT, WERDE ICH SIE IN IHREN KNICKERBOCKERS UND IHREM PAPSTFRÄCKCHEN HIERHERBESTELLEN UND SIE MIT DER SATANISCHSTEN SUBSTANZ ZWANGSFÜTTERN, DIE DIE ROCHDALE ALCHIMISTEN JE GEBRAUT HABEN, UND AUF IHRE FÜSSE FEUERN,

DASS SIE DIE GANZE YONGE STREET ENTLANGHÜPFEN, WENN SIE WAGEN, MEINE WERKE ALS SKETCHE ODER NÜMMERCHEN ZU BEZEICHNEN. DAS WIRD NICHT NUR SO EIN KLEINER SCHEISSE-IN-SHERRY-SKANDAL AUF IHRER PARTY, WENN ICH DIE BEZEICHNUNG »NUMMER« AUF MEINEN SEITEN IN DEM BUCH FINDE. ICH SCHREIBE KEINE NUMMERN. NUMMERN SIND, DA WO ICH HERKOMME, KLEINE SCHEISSSPRITZER IN UNTERHOSEN. WENN MAN ZU VIEL GUINESS GETRUNKEN HAT. DAS WÄRE JETZT ALSO KLAR, MR. HAMEL? GUY? GUT. Ich wollte nicht so heftig werden, ABER DAS BRINGT MICH NOCH UM DEN VER-STAND!!!!! Ich warne Sie nur. Sprechen wir über meine Stücke, über einige Details. Sie sind die unentdeckten Meere, die noch unentdeckten Meere, das sind meine Stücke. Meine Werke. Sie sind Expeditionen in die unbekannten Zonen des Geistes, der Seele. Sie sind REINER IRRSINN. Wie Shakespeare. Shakespeare war der größte Irre. Die perfekte multiple Persönlichkeit. Er hat nicht über andere Leute geschrieben. ER VERWANDELTE SICH IN SIE. ER WAR SIE! ER WAR VER-RÜCKT! DIE GÖTTER HABEN SEINEN VERSTAND BENUTZT. Haben Sie jemals eine Shakespeare-Aufführung in einem Irrenhaus gesehen? Ja? Stratford on Avon, Stratford Ontario, Royal Shakespeare SCHEISSE. Haben Sie jemals MACBETH in einer Klapsmühle aufgeführt gesehen? Jesus, wir haben es im Grange Gorman gemacht. (Ich wurde ins Grange Gorman nach dieser Suppenscheiß-Episode gebracht.) Und wir haben MACBETH gespielt. Und wenn Sie MACBETH noch nie in einem Irrenhaus gesehen haben, dann haben Sie es noch nie gesehen. Diese verdammten Anfälle und das Geschnaufe. Haben Sie schon einmal Macbeth in einer Klapsmühle gese-hen? Wir haben das Stück am Schwanz gepackt – DA WAR NICHTS MIT BRAV HERUMSTEHEN UND VERSE AUFSAGEN – HÖREN SIE, WIR HABEN DAS STÜCK AM SCHWANZ GEPACKT – WIR GINGEN DRAUF LOS. WIR GINGEN DURCH EIN NA-

DELÖHR DAFÜR – WEISS AUCH NICHT – I. AKT, 3. SZENE ODER SO UND DANN WAREN WIR DIE LEUTE. WIR KÄMPFTEN DIESE SCHLACHTEN. JESUS. HABEN SIE JEMALS MACBETH IM IRRENHAUS GESEHEN? ICH WAR MACDUFF. WENN SIE MICH GESEHEN HÄTTEN, ALS ICH DIE NACHRICHT ERHALTEN HATTE, DASS DIESE SCHWEINE MEINE KINDER UMGEBRACHT HABEN. ICH WURDE ZUM BERSERKER. DIE SZENE DAUERTE DREIVIERTELSTUNDEN. VIELLEICHT AUCH LÄNGER. ICH HABE DIE VORHÄNGE VOM SPEISESAAL HERUNTERGERISSEN. MEIN GOTT, ICH WUSSTE, DASS DIESES SCHWEIN ERSCHOSSEN WERDEN MUSS. BESSER NOCH, DURCHS SCHWERT FALLEN. DAS NÄCHSTE MAL FINDET MACBETH IM TORONTO BIN STATT, GEHEN SIE DA HIN, HAMEL. WENN SIE HÖREN, DASS ES GESPIELT WIRD, TELEGRAPHIEREN SIE MIR, ICH WERDE DA SEIN, HAMEL, ICH WERDE KOMMEN! DENN DA SIND DIE GRÖSSTEN GENIES UND DAS ALLERGRÖSSTE ENSEMBLE, DA SIND DIE RICHTIGEN SCHAUSPIELER, VIELLEICHT LASSEN SIE MICH JA DIESES MAL MACBETH SPIELEN UND BEI GOTT, DANN WERDEN ES NICHT NUR DIESE SCHEISSVORHÄNGE SEIN, ICH WERDE DAS GESAMTE HAUS ABFACKELN, DIE SCHEISSER IN DIE LUFT JAGEN. Die Dinge heitern sich auf. Schuldig aber unzurechnungsfähig. Nächster Fall. MACBETH IM GRANGE GORMAN IRRENHAUS. Nachdem ich zwanzig Körbe und ein halbes Dutzend Netze geflochten hatte, wurde ich als geheilt entlassen. Damals kam ich zum Abbey Theatre. Aber ich war zu viel für die. Sie können mit Schauspielern im Theater nicht umgehen. Wenn du WIRKLICH spielen willst, dann muß man einen Vertrag mit einem Irrenhaus abschließen.

»PILKS IRRENHAUS«

»Was ist Wirklichkeit in diesem Spiegelkabinett?« H. P.

Das hat Campbell auf diese Scheißprogramme und Plakate für die Passe-Muraille-Produktion über meine Sachen geschrieben. Sie sehen, genau das ist diese beschissene Art von

Witzen, die für seinen verwirrten kranken perversen Humor typisch sind. Er macht mich zum Idioten. Und dann läßt er ständig zwischen und in meinen Stücken diese Schauspieler auf die Bühne kommen und sagen: »Was ist Wirklichkeit in diesem Spiegelkabinett?« Das steht sogar in dem Manuskript, das der Autorenverband herausgebracht hat. Diese kleinen Einleitungen haben sie gedruckt und – es sind Campbells Witze. Arschloch. Campbell ist ein dermaßen narzißtischer Egozentriker, daß er sich gar nicht vorstellen kann, daß außer ihm auch noch andere an künstlerischer Agonie leiden könnten. (Kann er, sagt er.) Jedenfalls findet er künstlerische Leiden bei anderen komisch. Muß einen Witz darüber reißen. Es zum Witz machen. Ich sage Ihnen etwas – als ich an die Zeile »Was ist Wirklichkeit in diesem Spiegelkabinett?« dachte, habe ich weinen müssen. Ich habe geweint. Sie stammt aus einem Gedicht. Aus einem sehr persönlichen Gedicht. Aus einem, das ich tatsächlich selber aufgeschrieben habe und das Campbell in seine spitzen Finger bekam – und es natürlich dem allgemeinen Gespött preisgegeben hat. Sein eigenes Leben ist ein derartig verkommener Witz, daß er alles und jeden anderen auf sein eigenes pathetisches und lächerliches Niveau herunterziehen muß, und dann, als er ein komplettes Arschloch aus mir gemacht hatte, steckte er mich in seine Sammlung und hat einen Arsch auf zwei Beinen aus mir gemacht. UND DANN STELLT ER MICH AUS. SCHLEPPT MICH HERUM ALS AUSSTELLUNGSSTÜCK. Was ist Wirklichkeit in diesem Spiegelkabinett. Das ist gar nicht komisch. Ich meine es so. WAS IST WIRKLICHKEIT IN DIESEM SPIEGEL-KABINETT???? Guy F. Claude Hamel. Sind Sie wirklich? Ich meine sind Sie wirklich WIRKLICH? Ich meine, sind Sie wirklich WIRKLICH WIRKLICH?
Ruft Ihre Mama Sie Guy?
Was bedeutet das »F«?
Warum halten Sie es vor mir geheim?

Ich soll hier meine ganze Seele auf pädagogischen und öffentlichen Märkten zur Schau stellen und Sie sagen mir nicht einmal, was dieses »F« bedeutet.

Hör mal, Campbell, mach du das lieber zu Ende. Der ist ein MUSS für unsere Menagerie. Setz ihn in den Käfig neben mir. Brauchst ihn bloß zu füttern, dich um Drogen- oder Alkoholprobleme zu kümmern und Agnes zu holen, damit sie mit Schäufelchen und Eimerchen diesen Mist hier wegfegt.

Gerade eben habe ich den ersten Satz Ihres Briefes erst in seiner vollen Bedeutung verstanden und darin etwas Merkwürdiges entdeckt:

»Lieber Stückeschreiber: Der Autor dieses Briefes hat den Auftrag erhalten, ein Buch mit dem Titel »Kanadische Dramatiker« herauszugeben. Dafür benötigen wir Ihre Autobiographie ...«

Erstens ist der Brief von Guy F. Hamel unterschrieben, er ist also von Ihnen, Guy, stimmts? Anstatt zu schreiben »Ich habe den Auftrag erhalten usw.« schreiben Sie »Der Autor«. Sie sehen sich also selber objektiv. Sie stehen außerhalb Ihrer selbst. Kennen Sie mein Stück *Ich bin immer ich*? Das mit dem Vorstadt-Cowboy. Lassen Sie mich die Schlüsselpassage hier wiedergeben:

COWBOY ... Du kennst doch sicher die Momente im Leben, wo du neben dir stehst und dich selbst beobachtest. Und in Wirklichkeit bist du derjenige, der dich beobachtet.

MANN Entschuldigung, wenn ich jetzt Zeitung lese.

COWBOY Ich verrate dir jetzt das Geheimnis, den Schlüssel zur Erkenntnis des Universums. Dieses andere Du, das du gerade beobachtest, verändert sich ständig. Du kannst wie beim Fernseher Programme einschalten. Da ist nämlich kein festes Ding. Die Unveränderbarkeit der Persönlichkeit, dieser ganze Quark von der Identität, ist der totale Quatsch! Geschwätz! Das ist die reine Propaganda vor irgendwelchen Bonzen, die ein Interesse daran haben, daß alles stabil bleibt, daß nichts sich verändert, damit sie ihr großes Geschäft machen können.«

Also, hör zu, Guy Flannel Hamel, Sie sind an dem Punkt, wo alles möglich ist. Sie sind auf dem Abflug! Wenn Sie nicht schon Richtung Mond trudeln. Sie stehen außerhalb Ihrer selbst – kommen Sie runter, ja Scheiße, kommen Sie runter. ABER IN IHREM BRIEF KOMMEN SIE SCHON RUNTER! DER MANN IST GANZ VORN! »Der Autor hat ... bla bla ... und WIR brauchen Ihre Autobiographie.« WIR. Pluralis majestatis. Der Mann wird wieder zum Neutrum und erklärt sich zum König. Und bleibt König bis zum Schluß: »Wir wenden uns an pädagogische und öffentliche Märkte ...«
»Trotzdem wir hauptsächlich am kanadischen Markt interessiert sind ...« – »Universitäten und Verlage unterstützen uns ...« Das kann ich verdammt gut leiden. Der Mann hat Klasse, Campbell. Ich glaube, ich liebe ihn.
Nein, schreib nicht »mit freundlichen Grüßen«. Ich hab so etwas nicht geschrieben, Guy. Das war Campbell. Ich liebe dich. Du bist einer von uns. Love. Schreib Love.

Love

Pilk

Das ist die Liste von Henry's Stücken. Jedenfalls all denjenigen, die aufgeführt worden sind. Drei Produktionen von »Pilks Madhouse« fanden im Passe Muraille, Toronto statt. Theatre Upstairs, Royal Court, London, England. Und kürzlich am Neptun Theatre, Nova Scotia. Die Passe Muraille Produktion fand im November 1972 statt, am Royal Court im Januar 1973 und Nova Scotia im Februar 1973. Eine ausgedehnte Europa-Tournee ist für dieses Jahr, 1974, geplant und beginnt, hoffen wir, im Juni.

Die Stücke FALSCH GEBUCHT/ DIE BEIDEN EHEMÄNNER/
DIE MÄNNERMORDENDE NYMPHOMANIN/ DER MANN,
DER NICHTS MEHR UNTERSCHEIDEN KANN/ ICH BIN IMMER
ICH/ DER MANN DER IN SEINEM EIGENEN ARSCHLOCH
VERSCHWINDET/ DAS GEHEIMNISVOLLE FLÜSTERN/ DAS
HUHN/ EIN MANN WIRFT SICH WEG/ SIE IST WIEDER DA /
DER HAMMERZEH/ DER DRECKWECHSLER. Bereits ver-
schollene Stücke: Reverend Pleasure/ Total Tango Time/ A
Connemara Boy/ Baseball Nymphe.

Die verlangten Photographien folgen.
Über ein Exemplar des Buches würden wir uns freuen.

Mit freundlichen Grüßen
Ken Campbell

KEN CAMPBELL

Geboren 1941 in Ilford, England. Schauspielstudium an der Royal Academie of Dramatic Art in London bis 1961. Campbell arbeitete danach an verschiedenen englischen Theatern als Schauspieler, Regisseur und Autor. Gründete das *Science Fiction Theatre of Liverpool*. In Deutschland wurde er als Mitinitiator der *Road Show* und mit seinem Kindertheaterstück *Fazz und Zwoo* bekannt. Die Sketchfolge *Mr. Pilks Irrenhaus* war neben zahlreichen deutschsprachigen Theateraufführungen auch im deutschen Fernsehen zu sehen. Neben dem Theater arbeitete er auch für Film und Fernsehen. Ken Campbell starb 2008 in Loughton, England.

Theaterstücke:

OLD KING COLE (*Fazz&Zwoo*), Uraufführung: Victoria Theatre, Stroke on Trent, 1968; Deutsche Erstaufführung: TAT, Frankfurt am Main, 1971. ONE NIGHT I DANCED WITH MR. DALTON (*Die Nacht, die ich mit Mr. Dalton tanzte*), U: ABC Tv, 1969; DE: Städtische Bühnen Nürnberg, 1990. JACK SHEPPARD, U: Octagon Theatre, Bolton, 1969. JUST GO WILL YOUR HARRY (*Weißt Du, die Sache ist die*), U: LWT, 1970; DE: Theater an der Glocksee, Hannover, 1990. CHRISTOPHER PEA, U: Victoria Theatre, Troke on Trent, 1970. PILK'S MADHOUSE (*Mr. Pilks Irrenhaus*), U: Passe Muraille Theatre, Toronto, 1973; DE: Schauspiel Frankfurt, 1979. THE GREAT CAPER, U: Royal Court, London, 1974. BENDIGO (zusammen mit Dave Hill und Andy Andrews), U: Nottingham Playhouse, 1974. WALKING LIKE GEOFFREY (zusammen mit David Hill und Andy Andrews), U: Nottingham Playhouse, 1975. SCHOOL FOR CLOWNS (Übersetzung von Friedrich Karl Waechters *Schule mit Clowns*), englische Erstaufführung: Arts Theatre, London, 1975. SKUNGPOOMERY (*Die Schlündelgründler*), U: Nottingham

Playhouse, 1975; DE: Staatstheater Darmstadt, 1976. CLOWNS ON AN SCHOOL OUTING (nach Friedrich Karl Waechters *Ausflug mit Clowns*), englische Erstaufführung: Coliseum Theatre, Oldham, 1985. FRANK 'N' STEIN (*Frank & Stein*), U: Lambeth Children's Theatre, 1985; DE: Deutsches Theater Göttingen, 1989. THE RECOLLECTION OF A FORTIVE NUDIST (*Bekenntnisse eines heimlichen Nudisten*), U: London, 1988; DE: Bayerisches Staatsschauspiel München, 1989. PIGSPURT (*Pigspurt*), U: Riverside Studios, London, 1992. GALOSHES OF FORTUNE (*Die Galoschen des Glücks*), U: Unicorn Theatre, London, 1992; DE: Schauspiel-Akademie, Zürich, 1993. CHOICE CHUNKS, U: Waterman Theatre, Brentford, 1996. THEATRE STORIES, U: Royal Court Theatre, London, 1996. VIOLIN TIME, U: National Theatre, London, 1997. MAKBED, U: National Theatre, London, 1999. THE HISTORY OF COMEDY, PART ONE – VENTRILOQUISM, U: National Theatre, London, 2000.

Urs WIDMER
- *Das Ende vom Geld / Münchhausens Enkel*
- *Der Sprung in der Schüssel / Frölicher – ein Fest*
- *Die lange Nacht der Detektive*
- *Die schwarze Spinne / Sommernachtswut*
- *Jeanmaire. Ein Stück Schweiz*
- *Nepal / Der neue Noah*
- *Stan und Ollie in Deutschland / Alles klar*
- *Top Dogs*
- *Züst oder Die Aufschneider*
Ingeborg von ZADOW, *Ich und Du. Sechs Theaterstücke für
Kinder*

Klassiker-Übersetzungen
Daniil CHARMS, *Theater!* Übersetzt von Peter Urban
Pierre CORNEILLE, *Der Cid / Spiel der Illusionen.*
   Übersetzt von Simon Werle
Henrik IBSEN, *Dramen in einem Band.* Übersetzt von
   Heiner Gimmler
MOLIÈRE, *Der Menschenfeind / Der Tartuffe.* Übersetzt von
   Simon Werle
Jean RACINE
- *Berenike / Britannicus.* Übersetzt von Simon Werle
- *Phädra / Andromache.* Übersetzt von Simon Werle
Hjalmar SÖDERBERG, *Gertrud / Abendstern*